《植物生物学》
习 题 手 册

主编　余超波　吴春红

经济科学出版社

目　　录

目录

绪　　论

一、练习题

（一）填空题

1. 绿色植物三项伟大的宇宙作用是指绿色植物既是一个自动的空气净化器，又是一个庞大的合成有机物的绿色工厂，还是一个 _____ 。

2. 许多植物学和动物学教科书现在仍沿用的两界系统是由瑞典的博物学家_____创立的。

3. 植物具有以下共同特征：多数种类含有 _____ ，能进行光合作用；几乎都具有_____；在植物体内通常保留永久的 _____ 。

4. 目前广泛流行的"五界系统"是指动物界、植物界_____、_____和_____。

5. 植物是自然界中的第_____生产者，即_____，是一切生物赖以生存的物质基础。

6. 植物基因工程就是利用_____的方法，把不同植物甚至动物的控制优良性状的基因转移到我们所需的植物中去，实现该植物性状的改良。

7. 植物的共同特征是：（1）多数种类含有叶绿体，能进行光合作用，合成有机物，属于自养生物；（2） _____ ；（3） _____ 。

8. 两百多年前，现代生物分类的奠基人，瑞典的博物学家_____将生物分成植物界和动物界。

9. 植物科学是由基础理论研究、_____和_____三方面的内容组成的。

10. 植物细胞特有的细胞结构和细胞器包括_____、_____、_____。

11. 植物是地球上生命存在与发展的_____，它不仅为地球上绝大多数生物的生长发育提供了所必需的物质和能量，而且为这些生物的产生和发展提供了一个适宜的_____。

12. 1979 年，我国学者陈世骧根据生命进化的主要阶段，提出了将生物分成为植物界、动物界、真菌界、细菌界、蓝藻界和_____的六界新系统。

13. 植物科学的发展史，可以大体分为描述植物学、_____和_____，三个主要时期。

14. 植物是自然界中的_____生产者，即初级生产者。

15. 植物对地球和生物界的作用，首先表现在它是巨大的_____转换站。

16. 植物为地球上其他生物提供赖以生存的栖息和_____的场所。

17. 植物对地球和生物界的作用，也表现在它是庞大的合成_____的绿色工厂。

18. 一年生植物是指能在一个生长季节内完成生活史的植物。一般在_____播种，_____开花，_____采种，_____枯死。

19. 多肉类植物是指茎叶具发达的_____组织，呈肥厚多汁变态状的植物。

20. 灌木是指植株矮小、_____，从根茎处分枝成_____状的木本植物。

（二）单项选择题

1. 在_____中，具有原核细胞结构的细菌和蓝藻从原生生物界中分离出来，成立了原核生物界。

    A. 二界系统　　　　　B. 三界系统　　　　　C. 四界系统　　　　　D. 五界系统

2. 下列植物中，_____不是乔木。

    A. 夹竹桃　　　　　　B. 雪松　　　　　　　C. 广玉兰　　　　　　D. 银杏

3. 葡萄、牵牛等植物，不能直立，须缠绕或攀援在其他物体上生长，它们是_____。

    A. 灌木　　　　　　　B. 藤本　　　　　　　C. 球根植物　　　　　D. 乔木

4. 下列植物中，_____是草本植物。

    A. 梅、樱花　　　　　B. 杜鹃、山茶　　　　C. 玫瑰、含笑　　　　D. 菊花、凤仙花

5. 美人蕉、唐菖蒲、晚香玉等春植球根植物，在_____进行花芽分化。

    A. 夏季　　　　　　　B. 秋季　　　　　　　C. 高温下　　　　　　D. 低温下

6. 下列植物中，_____是乔木。

    A. 夹竹桃　　　　　　B. 仙人掌　　　　　　C. 广玉兰　　　　　　D. 大丽花

7. 下列植物中，耐酸性土壤的植物有_____。

    A. 铁线蕨、玫瑰　　　B. 杜鹃、石竹　　　　C. 紫鸭跖草、山茶　　D. 天竺葵、君子兰

8. 紫藤、凌霄、常春油麻藤等的茎木质化，不能直立，须缠绕或攀援在其他物体上生长，它们是_____。

    A. 灌木　　　　　　　B. 乔木　　　　　　　C. 球根植物　　　　　D. 藤本

9. 下列植物中，_____不是木本植物。

    A. 梅、樱花　　　　　B. 杜鹃、山茶　　　　C. 玫瑰、含笑　　　　D. 菊花、凤仙花

10. 1979 年_____根据生命进化的主要阶段，将生物分成三个总界的五界或六界的新系统。即非细胞总界，仅为病毒；原核总界，包括细菌界和蓝藻界；真核总界，包括植物界、真菌界和动物界。

    A. 胡先骕　　　　　　B. 陈世骧　　　　　　C. 邓叔群　　　　　　D. 王大耜

11. 生物分类的两界系统是由_____最早提出的。

    A. 林奈　　　　　　　B. 海克尔　　　　　　C. 魏泰克　　　　　　D. 达尔文

12. 我国是研究植物最早的国家之一。草书于东汉，成书于西汉的_____是世界上最早的本草学著作，其中记述了植物性药物 252 种。

    A.《本草纲目》　　　B.《南方草木状》　　C.《齐民要术》　　　D.《神农本草经》

（三）多项选择题

1. 绿色植物三项伟大的宇宙作用是_____。

    A. "巨大的能量转换站"　　　　　　　B. "庞大的合成有机物的绿色工厂"

    C. "自动的空气净化器"　　　　　　　D. "狡猾的绿色战略家"

    E. "机敏的环境生物物理学家"

2. 在把握植物和其他生物的区别时最主要的都是以植物_____为基本特征。

　　A. 含有叶绿素，可以进行光合作用　　　B. 具有细胞壁

　　C. 营固着生活　　　　　　　　　　　　D. 分布广　　　E. 种类多

3. 植物科学的发展史，可以大体分为_____三个主要时期。

　　A. 植物形态学　　　　　　　　　　　　B. 植物分类学

　　C. 现代植物学　　　　　　　　　　　　D. 实验植物学　　　E. 描述植物学

4. 目前现代植物科学的发展趋势可能表现在_____几个方面。

　　A. 两极分化又相互融合　　　　　　　　B. 各分支学科交叉渗透、相互推动

　　C. 植物科学的研究和所获得的成果将会和解决人类面临的人口增长、粮食短缺、能源危机、环境污染、生物多样性减少、人类和生物生存环境日益恶化等重大问题更密切地相联系

　　D. 促使农业生产技术发生了根本性变化　　E. 形成了重要栽培植物的农业格局

5. 学好植物生物学应做到_____几点。

　　A. 必须认真阅读教材及参考书，认真了解书中的基本内容，掌握植物生物学的基本知识和基本理论

　　B. 必须注意辩证思维，把握知识间的内在联系

　　C. 要善于运用观察、比较和实验的研究方法

　　D. 要注意了解新成就、新动向、新发展

　　E. 加强理论联系实际

（四）名词解释

1. 植物生物学　　　2. 三界系统　　　3. 乔木　　　4. 二年生植物

（五）判断题

1. 绿色植物是一个巨大的"能量转换站"。　　　　　　　　　　　　　　　（　　）

2. 所有植物的细胞都具有以纤维素的网状纤维结构组成的细胞壁。　　　　（　　）

3. 多数植物都不能以个体为单位独立地运动，因为组成个体的每个细胞都被坚韧的细胞壁所包围，相邻细胞通过共同的壁和胞间连丝而紧密相连，使之缺少运动所需要的弹性。　　　　　　　　　　　　　　　　　　　　　　　　　　　　　（　　）

4. 植物具有永久分生组织，大多数植物个体发育时，一直保持分裂能力，通过生长、分化，不断产生新器官或新的植物体部分。　　　　　　　　　　　　　　　（　　）

5. 植物细胞中都具有中央大液泡。　　　　　　　　　　　　　　　　　　（　　）

6. 植物含有叶绿体，能利用太阳光能进行光合作用，把简单的无机物质制造成复杂的有机物质，自养生活，属于自养生物。　　　　　　　　　　　　　　　　　（　　）

7. 植物是生物圈中一个庞大的类群，在自然界中具有不可替代的作用。　（　　）

8. 光合作用和矿化作用，也就是合成和分解，使自然界的物资循环往复，永无止境。（　　）

9. 随着现代工业迅速发展，有机物大量燃烧分解，能源消耗日益增加，而植物资源的蕴藏量和植物覆盖率逐渐下降，空气中的二氧化碳含量呈增长的趋势。过多的二氧化碳将会扰乱全球气候，引起举世关注的"温室效应"。绿色植物在光合作用过程中不断释放出氧气，使大气因呼吸、燃烧等消耗的氧气得到补充和保持平衡。

　　　　　　　　　　　　　　　　　　　　　　　　　　　　　　　　　（　　）

10. 植物是人类赖以生存的物质基础，是发展国民经济的物质资源。（　　）

11. 1737 年瑞典生物学家林奈在发表的《自然系统》中将生物分为植物界、动物界和原生生物界。（　　）

（六）问答题

1. 植物有哪些共同特征？

2. 为什么说绿色植物具有三项伟大的宇宙作用？

3. 试述植物在自然界中的作用。

二、习题参考答案

（一）填空题

1. 自动的空气净化器

2. 林奈

3. 叶绿素，细胞壁，分生组织

4. 原生生物界、原核生物界、真菌界

5. 第一性，初级生产者

6. 工程

7. 细胞壁、保留有永久的分生组织

8. 林奈

9. 应用基础研究，基本资料的调查

10. 叶绿体及其他质体、细胞壁、中央大液泡

11. 基础、环境

12. 病毒界

13. 实验植物学，现代植物学

14. 第一性

15. 能量

16. 繁衍后代

17. 有机物

18. 春季，夏季，秋季，冬季

19. 贮水

20. 无明显主干，丛生状

（二）单项选择题

1. D　　　　2. A　　　　3. B　　　　4. D　　　　5. A　　　　6. C

7. C　　　　8. D　　　　9. D　　　　10. B　　　　11. A　　　　12. D

（三）多项选择题

1. ABC　　　2. ABC　　　3. CDE　　　4. ABC　　　5. ABCDE

（四）名词解释

1. 答：植物生物学是以植物为主要研究对象，从不同层次研究植物体的形态、结构和功能，研究植物生长发育的生理与生化基础，研究植物与环境之间的相互联系及相互作用，研究植物多样性产生和发展的过程与机制，从而揭示植物个体发育和系统发育过程中的基本规律的一门基础性学科。

2. 答：1866 年德国著名生物学家海克尔提出成立一个原生生物界的意见。他把原核生物、原生动物、硅藻、黏菌和海绵等，分别从植物界和动物界中分出，共同归入原生生物界。这就是生物分界的三界系统。

3. 答：乔木的植株高大，主干显著而直立，在距地较高处的主干顶端，由繁盛分枝形成广阔树冠的木本植物，如玉兰、泡桐、松、柏、杉等。

4. 答：有些草本植物，需要经过两个生长季才能完成它们的发育周期，第一年内只有根、茎、叶等营养器官的生长，把养分储积起来，越冬后第二年才开花结实直至死亡，这些植物称为二年生植物，如白菜、萝卜、胡萝卜、菠菜、洋葱等。

（五）判断题

1. 对　　　　　2. 错　　　　　3. 对　　　　　4. 对　　　　　5. 错　　　　　6. 错

7. 对　　　　　8. 对　　　　　9. 对　　　　　10. 对　　　　　11. 错

（六）问答题

1. 植物有哪些共同特征？

答：①几乎所有植物的细胞都具有细胞壁。②具有比较稳定的形态，也正因为这一点，决定了绝大多数植物所具有的另一个共性，就是绝大多数植物（特别是高等植物）具有固着生活方式。③绿色植物含有叶绿体，能利用太阳光能进行光合作用，把简单的无机物质制造成复杂的有机物质，行自养生活，属于自养生物。④植物具有永久分生组织，大多数植物个体发育时，一直保持分裂能力，通过生长、分化，不断产生新器官或新的植物体部分。⑤成熟的植物细胞中还有中央大液泡。

2. 为什么说绿色植物具有三项伟大的宇宙作用？

答：绿色植物能进行光合作用。通过光合作用，植物将二氧化碳和水合成有机物质，并释放氧气，贮存能量。所以光合作用的实质就是物质转化和能量转化，它能最大限度地把无机物合成有机物，最大限度地把光能转变为化学能，同时最大限度地释放氧气。而这些作用是世界上任何工厂都望尘莫及的，因此被植物经济学家誉为绿色植物三项伟大的宇宙作用。正因为这三项伟大的宇宙作用，才保证了人类和动物有充足的食物和能量来源，保持了环境中二氧化碳和氧气的相对稳定。

3. 试述植物在自然界中的作用。

答：（1）植物的光合作用和矿化作用：①光合作用的过程与条件：$CO_2 + H_2O \longrightarrow CH_2O + O_2$；宇宙作用：有机物合成；光能转化成化学能；释放 O_2；②矿化作用的过程与条件：死的有机物、细菌、真菌等无机物作用；无机物为绿色植物利用；使自然界物质循环往复永无止境。

（2）植物在自然界物质循环中的作用。

（3）植物对环境保护的作用。植物地面上的枝叶和地下的根系，改变局部生境。植物的光合作用向周围环境释放氧气，净化空气，水分蒸腾可调节大气中的湿度和温度；根系的分泌物影响根际微生物的生长和土壤的理化性质。

（4）植物对水土保持的作用。在土壤中生长的根系有利于水土保持。森林作用：维持生态平衡，调节气候，防止水、旱、风、沙灾害，有利于人类生活和农业生产。

第1章 植物的细胞和组织

一、练习题

（一）填空题

1. 植物细胞区别于动物细胞的三大结构特征是_____、_____和_____。

2. 细胞壁是具有一定_____和_____的结构，它构成了细胞的外壳。

3. 木质部是维管植物中最主要_____，同时也与植物体内营养物质的转运和_____有关。

4. 在植物体中，具有相同_____的同一类型或不同类型的细胞群所组成的结构和_____单位，称为组织。

5. 减数分裂是_____的前提，是保持_____的基础。

6. 在个体发育过程中，细胞在形态、结构和功能上的特化过程，称为_____。

7. 韧皮部是一种复合组织，它由筛管分子或_____、伴胞、_____和纤维等多种不同类型的细胞构成，是维管植物体内负责运输有机物质的组织。

8. 根据所含色素的不同，可将成熟的质体分为叶绿体、_____和_____。

9. 木质部是一种复合组织，它由导管分子、_____、_____和纤维等多种细胞构成，是维管植物体中最主要的_____组织。

10. _____是植物呼吸作用的场所，它把有机物降解过程中释放的能量贮存于 ATP 中，为细胞的各种代谢活动提供能量和中间产物。

11. 无论是高大的乔木、低矮的草本植物还是微小的单细胞藻类植物都是由_____组成的。

12. 核糖体是细胞中_____合成的中心。

13. 穿过细胞壁，沟通相邻细胞的细胞间通道被称为_____。

14. 有些植物在已分化的成熟组织间夹杂一些未分化的分生组织，称为_____。

15. 植物含有_____，可通过光合作用过程把太阳能转化为化学能，并以各种形式贮存能量。

16. 细胞中所有的膜都具有基本相似的结构，它们由镶嵌着蛋白质的_____构成。

17. 植物细胞是真核细胞，由细胞壁和_____组成。

18. 白色体不含色素，根据贮藏物质不同可分为造粉体_____和_____。

19. 连续分裂的细胞从一次有丝分裂结束到下一次分裂结束所经历的全部过程称为_____。

20. 在个体发育中，具有相同来源的细胞分裂生长与分化形成的细胞群称为_____。

21. 在植物体中，相邻细胞之间存在的_____使相邻细胞的原生质体连成一体，同时也为细胞间的物质运输提供了另一条途径。

22. 植物细胞具有由_____和果胶等物质构成的细胞壁，水分和溶质可以自由通过。

23. 线粒体是植物_____的场所，它把有机物降解过程中释放的能量贮存于 ATP 中，为细胞的各种代谢活动提供能量和中间产物。

24. 高等植物的＿＿＿＿＿＿主要存在于叶肉细胞内，含有叶绿素。

25. 持续分裂的细胞，从一次分裂结束到下一次分裂完成为止的整个过程，称为＿＿＿＿＿＿。

26. 植物有丝分裂＿＿＿＿＿＿是各个染色体的两条染色单体分开，分别由赤道向细胞两极移动的时期。

27. 植物细胞有丝分裂的意义在于由于染色体复制，子细胞与母细胞具有相同的遗传物质，保持了细胞遗传的＿＿＿＿＿＿。

28. 部分植物的花瓣、成熟的果实、胡萝卜的贮藏根、衰老叶片都存在＿＿＿＿＿，使植物呈现黄色或红色。

29. ＿＿＿＿＿＿＿＿＿是由单层膜围成的扁平的囊、槽、池或管，形成互相沟通的网状系统。内与核的外膜相连，外与质膜相连，还可通过胞间连丝与相邻细胞的内质网相连。

30. 植物细胞的分裂包括无丝分裂、有丝分裂和＿＿＿＿＿＿＿＿＿等不同的方式。

31. 植物有丝分裂＿＿＿＿＿＿是核内的染色质凝缩成染色体，核仁解体，核膜破裂以及纺锤体开始形成。

32. 植物细胞减数分裂的意义在于可保持遗传的稳定性、丰富遗传的＿＿＿＿＿＿＿。

33. 细胞是有机体生长发育的基础。生物有机体的生长发育主要通过＿＿＿＿＿＿、＿＿＿＿＿＿和＿＿＿＿＿＿来实现。

34. 植物细胞由＿＿＿＿＿＿和＿＿＿＿＿＿构成。

35. 在植物中存在的三种不同的细胞分裂方式是＿＿＿＿＿、＿＿＿＿＿和＿＿＿＿＿。

36. 皮组织系统包括初生结构中的＿＿＿＿＿和次生结构中的＿＿＿＿＿。

37. 分化成熟的质体可根据其颜色和功能不同，分为＿＿＿＿＿＿、＿＿＿＿＿＿、＿＿＿＿＿＿三种主要类型。

38. 细胞壁中最重要的化学成分是＿＿＿＿＿＿、＿＿＿＿＿＿。

39. 溶酶体可分解蛋白质、核酸和多糖，植物细胞中具有溶酶体功能的其他细胞器有：＿＿＿＿＿＿、＿＿＿＿＿＿、＿＿＿＿＿＿。

40. 植物细胞中微体分为＿＿＿＿＿＿和＿＿＿＿＿＿两类。

41. 植物体中由分生组织分裂、分化产生的成熟组织有：＿＿＿＿＿＿、＿＿＿＿＿＿、＿＿＿＿＿＿、＿＿＿＿＿＿。

（二）单项选择题

1. "染色体分裂成两组子染色体，并分别朝相反的两极运动"是细胞有丝分裂＿＿＿＿＿＿的特点。

    A. 前期　　　　　B. 后期　　　　　C. 中期　　　　　D. 末期

2. 从物理特性上看，＿＿＿＿＿＿非常坚硬，从而增加了细胞壁的硬度。

    A. 纤维素　　　　B. 木质素　　　　C. 半纤维素　　　D. 维生素

3. ＿＿＿＿＿＿是细胞原生质体间进行物质运输和信号转导的桥梁。

    A. 胞间隙　　　　B. 胞间层　　　　C. 胞间连丝　　　D. 纹孔

4. ＿＿＿＿＿＿是植物呼吸作用的场所，它把有机物降解过程中释放的能量贮存于 ATP 中，为细胞的各种代谢活动提供能量和中间产物。

    A. 叶绿体 　　　　　B. 线粒体 　　　　　C. 核糖体 　　　　　D. 微体

5. 一个完整的细胞周期包括_____和分裂期两个阶段。

    A. 分裂间期 　　　　B. 复制期 　　　　　C. 复制前期 　　　　D. 复制后期

6. 在_____过程中，性母细胞连续分裂两次，但 DNA 只复制一次。

    A. 有丝分裂 　　　　B. 无丝分裂 　　　　C. 减数分裂 　　　　D. 核分裂

7. _____细胞具有进行细胞分裂的能力，常位于植物体的生长部位。

    A. 分生组织 　　　　B. 复合组织 　　　　C. 薄壁组织 　　　　D. 成熟组织

8. 植物细胞壁中最主要的成分是_____，它决定了细胞壁的结构。

    A. 纤维素 　　　　　B. 木质素 　　　　　C. 维生素 　　　　　D. 半纤维素

9. 细胞原生质体间进行物质运输和信号转导的桥梁是_____。

    A. 微纤丝 　　　　　B. 胞间连丝 　　　　C. 大纤丝 　　　　　D. 纺锤丝

10. "染色体排列在细胞中央的赤道板上，纺锤体明显"是细胞有丝分裂_____的特点。

    A. 前期 　　　　　　B. 后期 　　　　　　C. 中期 　　　　　　D. 末期

11. 芹菜叶柄的脊处_____特别发达。

    A. 保卫细胞 　　　　B. 薄壁细胞 　　　　C. 厚壁细胞 　　　　D. 厚角细胞

12. 细胞合成蛋白质的场所是_____。

    A. 线粒体 　　　　　B. 叶绿体 　　　　　C. 核糖体 　　　　　D. 高尔基体

13. 构成细胞壁的结构单位是_____。

    A. 微纤丝 　　　　　B. 胞间连丝 　　　　C. 大纤丝 　　　　　D. 纺锤丝

14. "染色质逐渐凝聚成染色体"是细胞有丝分裂_____的特点。

    A. 前期 　　　　　　B. 后期 　　　　　　C. 中期 　　　　　　D. 末期

15. 气孔是气体进出植物体的门户，由两个_____围绕而成。

    A. 保卫细胞 　　　　B. 薄壁细胞 　　　　C. 厚壁细胞 　　　　D. 厚角细胞

16. 植物细胞壁中最主要的成分是_____。

    A. 木质素 　　　　　B. 纤维素 　　　　　C. 维生素 　　　　　D. 半纤维素

17. 石细胞和纤维都是属于_____。

    A. 厚角组织 　　　　B. 厚壁组织 　　　　C. 薄壁组织 　　　　D. 贮藏组织

18. _____显著的结构特征是具有均匀加厚的次生壁，而且常常木质化，成熟时一般都已丧失生活的原生质体，因而是死细胞。

    A. 厚角细胞 　　　　B. 厚壁细胞 　　　　C. 薄壁细胞 　　　　D. 保卫细胞

19. _____是细胞壁中最重要的成分，是由多个葡萄糖分子脱水缩合形成长链。

    A. 木质素 　　　　　B. 孢粉素 　　　　　C. 纤维素 　　　　　D. 伸展素

20. 植物细胞完整的细胞周期包括分裂间期和_____两个阶段。

    A. 复制前期 　　　　B. 复制期 　　　　　C. 分裂期 　　　　　D. 复制后期

21. _____细胞具有进行细胞分裂的能力，常位于植物体的生长部位。

    A. 海绵组织 　　　　B. 分生组织 　　　　C. 薄壁组织 　　　　D. 栅栏组织

22. 蓝藻细胞壁的主要成分是_____。

　　A. 葡萄糖　　　　　B. 半乳糖　　　　　C. 肽聚糖　　　　　D. 核糖

23. _____ 是细胞原生质体间进行物质运输和信号转导的桥梁。

　　A. 微纤丝　　　　　B. 胞间连丝　　　　C. 纺锤丝　　　　　D. 大纤丝

24. _____ 是植物呼吸作用的场所，它把有机物降解过程中释放的能量贮存于 ATP 中，为细胞的各种代谢活动提供能量和中间产物。

　　A. 高尔基体　　　　B. 纺锤体　　　　　C. 线粒体　　　　　D. 染色体

25. 在 _____ 过程中，性母细胞连续分裂两次，但 DNA 只复制一次。

　　A. 无丝分裂　　　　B. 有丝分裂　　　　C. 减数分裂　　　　D. 核分裂

26. 构成细胞壁的纤维素纤维丝呈 _____ 排列，它阻止保卫细胞的径向扩大，但不影响保卫细胞的延长。

　　A. 切向　　　　　　B. 横向　　　　　　C. 径向　　　　　　D. 纵向

27. 植物细胞具有由纤维素和果胶等物质构成的 _____，水分和溶质可以自由透过。

　　A. 细胞膜　　　　　B. 细胞壁　　　　　C. 细胞质　　　　　D. 细胞核

28. 导管分子、筛管分子都属于 _____ 组织。

　　A. 分生组织　　　　B. 保护组织　　　　C. 机械组织　　　　D. 输导组织

29. 连续分裂的细胞由一次有丝分裂结束到下一次有丝分裂完成所经历的整个过程称做 _____。

　　A. 细胞周期　　　　B. 光周期　　　　　C. 生活周期　　　　D. 生命周期

30. 植物组织的类型包括分生组织和 _____。

　　A. 成熟组织　　　　B. 保护组织　　　　C. 薄壁组织　　　　D. 机械组织

31. 石细胞和纤维都是属于 _____。

　　A. 输导组织　　　　B. 厚角组织　　　　C. 厚壁组织　　　　D. 薄壁组织

32. 表皮是根、茎、叶、花、果实和种子等器官次生生长前最外层的细胞层，属于 _____。

　　A. 分生组织　　　　B. 保护组织　　　　C. 输导组织　　　　D. 机械组织

33. 植物的机械组织包括厚角组织和 _____。

　　A. 分生组织　　　　B. 保护组织　　　　C. 厚壁组织　　　　D. 输导组织

（三）多项选择题

1. 下列关于细胞的叙述中，_____ 是正确的。

　　A. 细胞是生命活动的基本单位

　　B. 细胞是一个独立有序并且能够进行调控的代谢与功能体系

　　C. 细胞是生物体生长发育的基础

　　D. 细胞是遗传的基本单位

　　E. 构成生命有机体的所有细胞都有细胞壁、细胞膜、细胞质和细胞核等结构

2. 成熟组织是指在器官发育过程中，由分生组织衍生的细胞分化发展而成，并且多数丧失了分裂能力。如 _____ 都是成熟组织。

　　A. 分生组织　　　B. 简单组织　　　C. 叶肉组织　　　D. 木质部　　　E. 表皮

3. 维管植物的基本组织系统，包括＿＿＿＿＿＿。

　　A. 保护组织　　　　B. 简单组织　　　　C. 薄壁组织　　　　D. 厚壁组织　　　　E. 厚角组织

4. 根据细胞的结构和生命活动的主要方式，可以把构成生命有机体的细胞分为＿＿＿＿＿＿两大类。

　　A. 动物细胞　　　　B. 植物细胞　　　　C. 原核细胞　　　　D. 真核细胞　　　　E. 生殖细胞

5. 下列组织中，＿＿＿＿＿＿＿＿＿＿属于皮组织系统。

　　A. 薄壁组织　　　　B. 厚壁组织　　　　C. 厚角组织　　　　D. 表皮　　　　E. 周皮

6. 下列关于细胞的叙述中，正确的是＿＿＿＿＿＿。

　　A. 细胞是生命活动的基本单位

　　B. 细胞是一个独立有序并且能够进行自我调控的代谢与功能体系

　　C. 细胞是有机体生长发育的基础　　　　D. 细胞是遗传的基本单位

　　E. 细胞是生物体结构和功能的基本单位

7. 根据所含色素的不同，可将成熟的质体分为＿＿＿＿＿＿＿＿＿＿。

　　A. 叶绿体　　　　B. 线粒体　　　　C. 核糖体　　　　D. 有色体　　　　E. 白色体

8. 下列组织中，＿＿＿＿＿＿＿＿属于维管组织系统。

　　A. 木质部　　　　B. 韧皮部　　　　C. 分生组织　　　　D. 保护组织　　　　E. 机械组织

9. 下列组织中，＿＿＿＿＿＿＿＿＿＿属于输导组织。

　　A. 薄壁组织　　　　B. 厚壁组织　　　　C. 管胞　　　　D. 筛胞　　　　E. 周皮

10. 植物细胞壁主要分为＿＿＿＿＿＿。

　　A. 初生壁、　　　　B. 次生壁　　　　C. 药室内壁　　　　D. 胞间层　　　　E. 绒毡层

11. 细胞壁与＿＿＿＿＿＿＿＿一起构成了植物细胞区别于动物细胞的三大特征结构。

　　A. 质体　　　　B. 质膜　　　　C. 核质　　　　D. 染色质　　　　E. 中央液泡

12. 德国植物学家施莱登和动物学家施旺于 1838 年提出细胞学说。其主要内容包括：
＿＿＿＿＿＿。

　　A. 植物和动物的组织由细胞构成　　　　B. 所有的细胞由细胞分裂或融合而成

　　C. 卵和精子都是细胞　　　　　　　　　D. 一个细胞可分裂形成组织

　　E. 细胞是生命活动的基本单位

13. 分化成熟的质体可根据其颜色和功能不同，分为＿＿＿＿＿＿三种主要类型。

　　A. 核糖体　　　　B. 线粒体　　　　C. 叶绿体　　　　D. 有色体　　　　E. 白色体

14. 细胞壁的化学成分除多糖和蛋白质等主要成分外，还有＿＿＿＿＿＿＿＿等。

　　A. 角质　　　　B. 栓质　　　　C. 蜡质　　　　D. 木质素　　　　E. 矿物质

15. 植物细胞区别于动物细胞的特有的结构包括＿＿＿＿＿＿＿＿＿＿。

　　A. 初生壁　　　　B. 次生壁　　　　C. 细胞壁　　　　D. 质体　　　　E. 中央大液泡

（四）名词解释

1. 细胞周期　　　　2. 细胞分化　　　　3. 细胞分裂　　　　4. 有色体　　　　5. 叶绿体

6. 类囊体　　　　7. 质体　　　　8. 胞间连丝　　　　9. 细胞学说　　　　10. 组织

11. 细胞的超微结构　　　12. 基粒片层　　　13. 后含物　　　14. 同源染色体

（五）判断题

1. 植物细胞壁中最主要的成分是木质素，它决定了细胞壁的结构。　　　　（　　　）

2. 维管组织系统由木质部和韧皮部两种输导组织组成。   (   )

3. 通常细胞的初生壁生长是均匀增厚的。   (   )

4. 围绕气孔的两个特殊细胞称为保卫细胞。   (   )

5. 当次生壁形成时初生纹孔场常被次生壁物质覆盖形成许多凹陷的区域，称为纹孔。(   )

6. 根据分生组织的来源可将分生组织分为顶端分生组织，侧生分生组织和居间分生组织。

(   )

7. 薄壁组织是组成植物体的基本组织，在植物体内占有很大部分，主要由起代谢活动和营养作用的薄壁细胞所组成。   (   )

8. 导管存在于木质部，是被子植物所特有的由许多长管状细胞壁木质化的死细胞纵向连接而成。   (   )

9. 质膜在光学显微镜下呈现"暗—明—暗"三条平行带，暗带由蛋白质分子组成，明带由脂类物质组成。   (   )

10. 叶片和花瓣的衰老属于植物细胞的坏死性死亡。   (   )

11. G_0 期细胞为不可逆的脱离细胞周期的细胞，已丧失分化能力。   (   )

12. 1665 年，英国物理学家虎克创制了第一架有研究价值的显微镜，发现了细胞。 (   )

13. 光滑型内质网与蛋白质的合成和运输有关。   (   )

14. 细胞减数分裂过程中，同源染色体的联会和染色体片段的互相交换发生在前期 I 的偶线期。   (   )

15. 1838 ~ 1839 年，德国的植物学家施莱登和动物学家施旺共同创立了细胞学说。(   )

（六）问答题

1. 有丝分裂与减数分裂的主要区别是什么？

2. 有丝分裂与减数分裂有何异同？（比较分裂细胞类型、细胞分裂次数、染色体数目变化、同源染色体行为、可能发生的变异以及生物学意义等）

3. 植物细胞区别于动物细胞的显著特征有哪些？

4. 简述质膜的主要功能。

二、习题参考答案

（一）填空题

1. 细胞壁，中央大液泡，叶绿体 2. 硬度，弹性   3. 输水组织，贮藏

4. 来源，功能   5. 有性生殖，物种稳定性 6. 细胞分化

7. 筛胞，薄壁细胞   8. 有色体，白色体   9. 管胞、薄壁细胞、输水

10. 线粒体   11. 细胞   12. 蛋白质

13. 胞间连丝   14. 居间分生组织   15. 叶绿体及其他质体

16. 脂质双分子层   17. 原生质体   18. 蛋白体，油质体

19. 细胞周期   20. 组织   21. 胞间连丝

22. 纤维素   23. 呼吸作用   24. 叶绿体

25. 细胞周期   26. 后期   27. 稳定性

28. 有色体　　　　　　　29. 内质网

30. 减数分裂　　　　　　31. 前期

32. 变异性　　　　　　　33. 细胞分裂，细胞体积的增大，细胞分化

34. 细胞壁，原生质体　　35. 有丝分裂，无丝分裂，减数分裂

36. 表皮，周皮　　　　　37. 叶绿体，有色体，白色体

38. 多糖，蛋白质　　　　39. 液泡，糊粉粒，圆球体

40. 过氧化物酶体，乙醛酸循环体　　41. 保护组织，薄壁组织，机械组织，输导组织，分泌组织

（二）单项选择题

1. B	2. B	3. C	4. B	5. A	6. C	7. A
8. A	9. B	10. C	11. D	12. C	13. A	14. A
15. A	16. B	17. B	18. A	19. C	20. C	21. B
22. C	23. B	24. C	25. C	26. C	27. B	28. D
29. A	30. A	31. C	32. B	33. C		

（三）多项选择题

1. ABCD	2. CDE	3. CDE	4. CD	5. DE
6. ABCDE	7. ADE	8. AB	9. CD	10. ABD
11. AE	12. ABCD	13. CDE	14. ABCDE	15. CDE

（四）名词解释

1. 答：持续分裂的细胞，从一次分裂结束到下一次分裂完成为止的整个过程，称为细胞周期。

2. 答：细胞分化是指在个体发育过程中，细胞在形态、结构和功能上的特化过程。

3. 答：细胞增殖子细胞的过程，是个体生长或生命延续的基本特征，植物中主要存在三种不同的细胞分裂方式，即有丝分裂、无丝分裂和减数分裂。

4. 答：有色体是仅含有类胡萝卜素等色素的质体。

5. 答：叶绿体是植物所具有的含有叶绿素和类胡萝卜素通常呈现绿色能进行光合作用的细胞器。

6. 答：类囊体是叶绿体中由单层膜构成的扁平囊状结构。

7. 答：质体是植物细胞中由双层膜包裹的一类细胞器的总称，存在于真核植物细胞内。质体由两层薄膜包围，可以随细胞的伸长而增大，是植物细胞合成代谢中最主要的细胞器。根据所含色素的不同，可将成熟的质体分为叶绿体、有色体和白色体。

8. 答：胞间连丝是贯穿细胞壁由质膜包围的狭窄通道，内质网管（又称链管）贯穿其中，是细胞原生质体间进行物质运输和信号传导的桥梁。

9. 答：1838 年德国植物学家施莱登提出，所有植物体都由细胞构成。1839 年德国动物学家施旺在动物研究中证实了上述结论，并首次提出"细胞学说"这一概念。他提出："动物和植物乃是细胞的集合体，它们依照一定的规律排列在动物和植物体内"，并明确提出："一切动物和植物皆由细胞组成"。细胞学说可以归纳为以下两点：①所有生物都由细胞和细胞的产物组成；②新的细胞必须经过已存在的细胞分裂而产生。

10. 答：在个体发育中，具有相同来源的（即由一个或同一群分生细胞生长、分化而来的）

同一类型的或不同类型的细胞群组成的结构和功能单位，称为组织。

11. 答：在电子显微镜下显示的细胞结构称为亚显微结构或超微结构。

12. 答：构成基粒的类囊体部分，称为基粒片层。

13. 答：植物细胞在代谢过程中，不仅为生长分化提供营养物质和能量，同时还能产生代谢中间产物、贮藏物质和废物等，这些统称为后含物。

14. 答：同源染色体是同一物种中来自父本和母本的形状、大小、基因序列相同的染色体。

（五）判断题

1. 错	2. 对	3. 错	4. 对	5. 错
6. 错	7. 对	8. 对	9. 错	10. 错
11. 错	12. 对	13. 错	14. 错	15. 对

（六）问答题

1. 有丝分裂与减数分裂的主要区别是什么？

答：①在有丝分裂中，DNA 复制 1 次，细胞分裂 1 次，在减数分裂中，DNA 复制 1 次，细胞分裂 2 次；②有丝分裂过程简单，分裂期可分为前期、中期、后期和末期，减数分裂过程较复杂，尤其是前期 I 又分为细线期、偶线期、粗线期、双线期、终变期；③有丝分裂保证了细胞与细胞具有相同的遗传潜能，保证了细胞遗传的稳定性，减数分裂是保持物种稳定性的基础，是有性生殖能使子代产生变异的原因。

2. 有丝分裂与减数分裂有何异同？

答：

	有丝分裂	减数分裂
分裂细胞类型	体细胞	原始生殖细胞
细胞分裂次数	复制一次分裂一次	复制一次分裂二次
染色体数目变化	$2n \rightarrow 4n \rightarrow 2n$	$2n \rightarrow n \rightarrow 2n \rightarrow n$
DNA 分子数变化	$2n \rightarrow 4n \rightarrow 2n$	$2n \rightarrow 4n \rightarrow 2n \rightarrow n$
同源染色体行为	不联会、无四分体形成	联会后形成四分体
可能发生的变异	基因突变和染色体变异	基因突变、染色体变异和基因重组
生物学意义	有丝分裂使生物在个体发育中亲代细胞与子代细胞之间维持遗传性状的稳定	减数分裂和受精作用使上下代生物之间保持染色体数目的恒定，减数分裂时发生的高频率的基因重组是生物进化的主要原因

3. 植物细胞区别于动物细胞的显著特征有哪些？

答：（1）细胞壁是植物细胞区别于动物细胞的最显著的特征；（2）叶绿体和其他质体；（3）中央大液泡。

4. 简述质膜的主要功能。

答：（1）物质交换；（2）细胞识别；（3）信号传递；（4）纤维素的合成和微纤丝的组装等。

第2章　植物体的形态结构和发育

一、练习题

（一）填空题

1. 成熟种子由_____、_____和种皮三部分组成。

2. 裸子植物茎的初生结构与双子叶植物茎类似，但大多数裸子植物的木质部由_____组成，韧皮部由_____组成。

3. 细胞是有机体生长发育的基础。生物有机体的生长发育主要通过_____、_____、_____和_____来实现。

4. 多数植物体的茎顶端具有_____的特性，因而可以形成庞大的枝系。

5. 在叶肉中分布有大量的维管组织，它们构成了叶肉组织中的各级_____。

6. 根据元素在植物体内含量的多少可将植物体内的元素分为大量元素、_____、_____三类。

7. 根尖一般分为根冠、_____、_____、_____四个部分。

8. 茎的主要功能是_____和_____。

9. 双子叶植物的叶由_____和_____两部分组成。

10. 植物的营养生长是建立在_____、_____和_____的基础上的，其结果主要表现为不同营养器官的形成和发育。

11. 胚是构成_____的最重要部分，是由受精卵发育而来的新一代植物体的幼体。

12. 叶柄和茎内维管束断裂后留下的痕迹，称为_____。

13. 在多年生木本植物茎的次生木质部中，可以见到许多同心圆环，这就是_____。

14. 叶的主要功能是_____、_____，还有一定的吸收作用，少数植物的叶还具有繁殖功能。

15. 在变态器官中，一般将功能不同而来源相同的器官，称为_____。

16. 中柱鞘细胞具有潜在的_____能力，可以通过分裂形成侧根、不定根、不定芽。

17. 叶片是叶的主要部分，是植物进行光合作用和_____的主要器官。

18. 在叶肉中分布有大量的维管组织，它们构成了叶肉组织中的各级_____。

19. _____是构成种子的最重要部分，是由受精卵发育而来的新一代植物体的幼体。

20. 根据形成的时间和化学成分的不同，可将细胞壁分成初生壁、_____、_____三层。

21. 细胞增殖是生命的主要特征，对于单细胞植物而言，通过细胞分裂可以增加个体的_____、_____。

22. 在减数分裂过程中，性母细胞连续分裂_____次，但 DNA 只复制_____次。

23. 在植物体中，具有相同来源的同一类型或不同类型细胞群所组成的结构和功能单位，称为_____。

24. 由主根和各级侧根构成的庞大根系，称为_____。

25. 茎上叶子脱落后在节上留下的痕迹称为_____。

26. 叶片是进行_____主要器官，通过_____形成的有机物是植物体全部生命活动的物质和能量基础。

27. _____将植物体固定在土壤中，并把从土壤中吸收的水分和无机盐输送到地上部分。

28. 茎上的叶子脱落后留下的痕迹，称为_____。

29. 初生韧皮部在外，初生木质部在内，组成在同一半径上内外排列的维管束叫做_____。

30. _____是制造有机物的营养器官。

31. 在变态器官中，一般将来源不同但功能相同的器官，称为_____。

32. 胚是构成种子的最重要部分，是由受精卵发育而来的新一代_____。

33. 原产于撒哈拉沙漠的短命菊从种子萌发、植株生长到开花结实，历时仅几个星期，充分利用短暂的雨季，完成传宗接代的任务，保证种族的延续，这是一种典型的_____方式。

34. 植物的根尖分为_____、分生区、伸长区、根毛区四个部分。

35. _____是植物体地上部分联系根和叶的营养器官。

36. 茎的主要功能是_____和支持作用。

37. 种子萌发是一种异养过程，胚生长发育所需要的营养物质主要来自_____。

38. 植物的叶由叶片、叶柄和_____组成。

39. 成熟的植物种子即使在适宜的外界环境条件下仍不能萌发的现象叫做_____。

40. 从纵切面看，根尖从顶端起可依次分为根冠、分生区、_____和根毛区（成熟区）四个区。

41. 双子叶植物根的初生结构由外至内明显地分为_____、皮层和中柱三个部分。

42. 大多数双子叶植物的根在完成初生生长、形成初生结构之后，便开始出现次生分生组织——维管形成层和木栓形成层，进而产生次生组织，使根加粗。这种由次生分生组织进行的生长，称为次生生长，所形成的结构称为_____。

43. 有些植物的营养器官由于适应不同的环境、行使特殊的生理功能，其形态结构发生可遗传的变异，这种现象叫做_____。

44. 四、五叶时期禾本科植物幼苗的腋芽开始活动，迅速生长为新枝，同时在节位上产生不定根，这种分枝方式称为_____。

45. 随着维管形成层不断的分裂活动，茎的直径不断增粗，原有表皮不适应增粗需要，这时茎产生木栓形成层，进而产生另一新的次生保护结构_____。

46. 完全叶是指含有叶片（blade）、叶柄（petiole）、_____（stipule）三部分结构的叶，如棉、桃、苎草叶等。

47. 由于蒸腾作用微弱，根部吸入的水分，从排水器溢出，集成液滴，出现在叶尖或叶缘处，这种现象称为_____。

48. 旱生植物叶片的结构特点主要是朝着降低蒸腾和_____两个方面发展。

49. 种子的寿命（seed longevity）是指种子从采收到失去发芽能力的_____。

50. 种子植物的第一个根是种子内的胚根突破种皮而形成的，称为主根（main root）或直根。根产生的各级分支都形成侧根（lateral root）。主根和侧根都有一定的发生位置，因此又合称为定根。凡主根粗壮发达，主根和侧根有明显区分的根系称为_____。

51. 根冠的作用在于保护根的_____和帮助正在生长的根较顺利地穿越土壤并减少损伤。

52. 植物根表皮细胞的细胞壁与角质膜均薄，适宜水和溶质渗透通过，部分细胞的细胞壁还向外突出形成_____，以扩大吸收面积。

53. 根次生生长开始时，初生木质部内凹处与初生韧皮部内侧之间的薄壁细胞开始恢复分裂能力，形成片段状的形成层。随后，各段形成层逐渐向左右两侧扩展，直到与中柱鞘相接。与此同时，正对原生木质部外面的中柱鞘细胞也恢复分裂能力，变为形成层的一部分。形成层形成后，先进行切向（平周）分裂，向内产生_____，向外产生次生韧皮部。

54. _____是未发育的枝或花和花序的原始体。

55. 维管形成层在一个生长季节中所产生的次生木质部，称为生长轮，一年只有一个生长轮即为年轮。同一年的_____和晚材就构成一个年轮。

56. 禾本科作物叶片也由表皮、叶肉和叶脉三部分组成。但与双子叶植物叶片不同的是它们为_____，两面接受光照情况相仿。

57. 植物的叶由叶片、叶柄和_____组成。

58. 根尖的纵切面从顶端起可依次分为：_____、_____、_____、_____四个区。

59. 双子叶植物根的成熟区中，中柱是皮层以内的中轴部分，可分为：_____、_____、_____、_____四个部分。

60. 根的初生木质部主要由_____和_____组成，而根的初生韧皮部主要由_____与_____组成。

61. 双子叶植物根的次生生长主要是由_____和_____次生分生组织进行的生长。

（二）单项选择题

1. 根系是植物主要的吸水器官，主要的吸水部位是根尖的_____。

　　A. 根毛区　　　　B. 伸长区　　　　C. 分生区　　　　D. 根冠

2. 子叶留土萌发植物的种子萌发时，主要是_____伸长，所以子叶不随胚芽伸出土面，而是留在土壤中。

　　A. 上胚轴　　　　B. 下胚轴　　　　C. 胚根　　　　　D. 胚芽

3. 根尖是根中生命活动最活跃的部分，其中具有根毛的部分是_____。

　　A. 分生区　　　　B. 伸长区　　　　C. 根冠　　　　　D. 成熟区

4. _____的细胞排列紧密，缺乏细胞间隙，最显著的结构特征是在其细胞的部分初生壁上具有凯氏带。

　　A. 皮层　　　　　B. 外皮层　　　　C. 内皮层　　　　D. 表皮

5. 双子叶植物茎的初生木质部的发育方式与根的不同，属于_____。

　　A. 外始式　　　　B. 内始式　　　　C. 内起源　　　　D. 花环式

6. 禾本科植物茎的初生结构由_____组成。

  A. 表皮、维管束、基本组织   B. 表皮、皮层、维管柱

  C. 原表皮、原形成层、基本分生组织 D. 木栓层、栓内层、木栓形成层

7. 双子叶植物茎的次生木质部的木射线是由_____分化而成。

  A. 纺锤状原始细胞 B. 射线原始细胞 C. 薄壁细胞 D. 中柱鞘细胞

8. _____最显著的特征是具有凯氏带。

  A. 外皮层   B. 内皮层   C. 皮层   D. 形成层

9. 由胚根生长出来的根是植物个体发育中最早出现的根，称为_____。

  A. 主根   B. 侧根   C. 不定根   D. 支柱根

10. 由顶端分生组织及其衍生细胞的增生和成熟所引起的生长过程，称为_____。

  A. 居间生长 B. 侧生生长 C. 初生生长 D. 次生生长

11. 根中初生木质部的发育方式为_____。

  A. 外始式   B. 内始式   C. 内起源   D. 花环式

12. _____是由一些径向排列的薄壁细胞组成的，贯穿于次生木质部和次生韧皮部之间的横向运输的结构。

  A. 木射线   B. 韧皮射线   C. 维管射线   D. 髓射线

13. 大多数植物的初生韧皮部在近皮层的一方，初生木质部则在内方，这种类型的维管束被称为_____。

  A. 双韧维管束 B. 外韧维管束 C. 周韧维管束 D. 周木维管束

14. 表皮是根、茎、叶、花、果实和种子等器官次生生长前最外层的细胞层，属于_____。

  A. 分生组织 B. 机械组织 C. 输导组织 D. 保护组织

15. _____主要指植物体积的增大，它主要通过细胞分裂和伸长来完成。

  A. 发育   B. 生长   C. 分化   D. 繁殖

16. _____是侧生分生组织活动的结果，表现为根和茎的加粗生长。

  A. 初生生长 B. 次生生长 C. 营养生长 D. 生殖生长

17. _____是根中生命活动最活跃的部分。

  A. 根尖   B. 根冠   C. 根毛   D. 胚根

18. 根中_____最显著的结构特征是具有凯氏带。

  A. 内皮层   B. 外皮层   C. 皮层   D. 表皮

19. 大多数种子植物侧根的起源为_____。

  A. 外始式   B. 内始式   C. 内起源   D. 外起源

20. 在异面叶中，叶肉细胞明显地分为两部分，近上表皮的叶肉细胞排列整齐，细胞呈圆柱形，其长轴与叶片表面垂直，这些细胞组成_____。

  A. 分生组织 B. 保护组织 C. 海绵组织 D. 栅栏组织

21. 由植物的茎、叶和老根上长出的根叫做_____。

  A. 主根   B. 侧根   C. 不定根   D. 胚根

22. _____是罩在根尖顶端的圆锥状结构，它由许多排列不规则的薄壁细胞组成。

　　A. 根冠　　　　　　　B. 分生区　　　　　　C. 伸长区　　　　D. 根毛区

23. 双子叶植物茎的初生结构可分为表皮、皮层和_____三部分。

　　A. 维管束　　　　　　B. 维管柱　　　　　　C. 维管形成层　　D. 维管射线

24. 茎细长柔软而不能直立，必须利用一些变态器官借助其他物体才能向上生长，这样的茎叫做_____。

　　A. 攀缘茎　　　　　　B. 缠绕茎　　　　　　C. 匍匐茎　　　　D. 直立茎

25. 一般生在主干或侧枝顶端的芽称_____。

　　A. 侧芽　　　　　　　B. 顶芽　　　　　　　C. 不定芽　　　　D. 柄下芽

26. 胡萝卜的可食部分叫做_____。

　　A. 块根　　　　　　　B. 支柱根　　　　　　C. 肉质直根　　　D. 呼吸根

27. 丁香的每一节上生有两叶，并相对排列，这种叶序叫做_____。

　　A. 互生　　　　　　　B. 簇生　　　　　　　C. 轮生　　　　　D. 对生

28. 由顶端分生组织的活动所引起的生长过程，称为_____。

　　A. 侧生生长　　　　　B. 居间生长　　　　　C. 次生生长　　　D. 初生生长

29. 茎中初生木质部的发育方式为_____。

　　A. 外始式　　　　　　B. 花环式　　　　　　C. 内始式　　　　D. 内起源

30. 径向排列的薄壁细胞群横贯次生木质部和次生韧皮部，称为_____。

　　A. 维管射线　　　　　B. 韧皮射线　　　　　C. 木射线　　　　D. 髓射线

31. 大多数植物的初生韧皮部在近皮层的一方，初生木质部则在内方，这种类型的维管束被称为_____。

　　A. 双韧维管束　　　　B. 外韧维管束　　　　C. 周韧维管束　　D. 周木维管束

32. 在叶表皮上，由两个保卫细胞围成的孔叫做_____。

　　A. 皮孔　　　　　　　B. 气孔　　　　　　　C. 珠孔　　　　　D. 萌发孔

33. 茎的生长方向是背地性的，一般垂直向上生长，这种茎称为_____。

　　A. 直立茎　　　　　　B. 匍匐茎　　　　　　C. 缠绕茎　　　　D. 攀缘茎

34. 生长在茎的节间老茎根或叶上没有固定着生部位的芽，被称为_____。

　　A. 顶芽　　　　　　　B. 不定芽　　　　　　C. 叶芽　　　　　D. 休眠芽

35. 马铃薯为短粗的肉质地下茎，形状不规则，属于_____。

　　A. 球茎　　　　　　　B. 鳞茎　　　　　　　C. 块茎　　　　　D. 根状茎

36. 夹竹桃茎的每一节上生有三片或三片以上的叶片，并作辐射状排列，这种叶序叫做_____。

　　A. 互生　　　　　　　B. 对生　　　　　　　C. 簇生　　　　　D. 轮生

37. _____是由胚根生长出来的根，是植物个体发育中最早出现的根。

　　A. 呼吸根　　　　　　B. 不定根　　　　　　C. 侧根　　　　　D. 主根

38. 子叶留土幼苗的种子萌发时，主要是_____伸长，所以子叶不随胚芽伸出土面，而是留在土壤中。

　　A. 胚根　　　　　　　B. 胚芽　　　　　　　C. 上胚轴　　　　D. 下胚轴

39. 下图是几种复叶模式图，其中_____是二回羽状复叶。

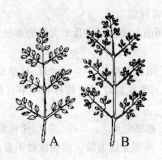

40. 在植物叶子上有很多由两个保卫细胞围成的_____。

    A. 气孔　　　　　　　　B. 纹孔　　　　　　　　C. 皮孔　　　　　　　　D. 筛孔

41. _____是植物主要的吸水器官。

    A. 叶片　　　　　　　　B. 块茎　　　　　　　　C. 根系　　　　　　　　D. 根状茎

42. 由顶端分生组织细胞的增生和分化引起的生长过程，称为_____。

    A. 营养生长　　　　　　B. 生殖生长　　　　　　C. 初生生长　　　　　　D. 次生生长

43. 种子萌发时，_____最先突破种皮。

    A. 胚根　　　　　　　　B. 胚芽　　　　　　　　C. 上胚轴　　　　　　　D. 下胚轴

44. 根中初生木质部的发育方式是_____。

    A. 外始式　　　　　　　B. 内始式　　　　　　　C. 内起源　　　　　　　D. 外起源

45. 茎上叶子脱落后在节上留下的痕迹称为_____。

    A. 叶迹　　　　　　　　B. 叶隙　　　　　　　　C. 芽鳞痕　　　　　　　D. 叶痕

46. 维管束是一个复合组织，由初生木质部、初生韧皮部和_____组成。

    A. 形成层　　　　　　　B. 皮层　　　　　　　　C. 内皮层　　　　　　　D. 外皮层

47. _____是玉米等植物从近茎节上出现的伸入土中支持植物体的气生根。

    A. 攀援根　　　　　　　B. 支持根　　　　　　　C. 寄生根　　　　　　　D. 呼吸根

48. 植物的茎常呈_____，这种形状最适宜于茎的支持和输导功能。

    A. 圆柱形　　　　　　　B. 三棱形　　　　　　　C. 四棱形　　　　　　　D. 多棱形

49. 根据芽的生长位置、性质、结构和生理状态，可将芽分为几种类型。许多植物在老茎、根或叶上均可产生芽，这种芽发生的部位比较广泛，被称为_____。

    A. 定芽　　　　　　　　B. 不定芽　　　　　　　C. 顶芽　　　　　　　　D. 腋芽

50. 植物的茎由于适应多变的环境，在进化过程中形成了多种不同的类型。黄瓜等茎的一部分形成卷须、吸盘等结构，攀援他物生长，这种茎叫做_____。

    A. 直立茎　　　　　　　B. 攀援茎　　　　　　　C. 缠绕茎　　　　　　　D. 匍匐茎

51. 在树干的横切面上靠近树皮部分的木材是近几年形成的次生木质部，颜色较浅，只有活的木薄壁组织，有效地担负输导和贮藏的功能，称为_____。

    A. 边材　　　　　　　　B. 心材　　　　　　　　C. 早材　　　　　　　　D. 晚材

52. 裸子植物茎的特征是茎的木质部一般_____，也无典型的木纤维。

　　A. 只有导管，没有管胞　　　　B. 只有管胞，没有导管

　　C. 只有筛胞，没有筛管　　　　D. 只有筛管，没有伴胞

53. _____位于和禾本科植物叶相邻两叶脉之间的上表皮，为几个大型的薄壁细胞，其长轴与叶脉平行。

　　A. 长细胞　　　　　B. 短细胞　　　　　C. 泡状细胞　　　　　D. 硅细胞

54. 在异面叶中，叶肉细胞明显地分为两部分，近上表皮的叶肉细胞排列整齐，细胞呈圆柱形，切长轴轴与叶片表面垂直，这些细胞组成_____。

　　A. 分生组织　　　　B. 保护组织　　　　C. 海绵组织　　　　D. 栅栏组织

55. 树冠塔形，主茎的顶芽活动始终占优势，形成一个直立的主轴，而侧枝较不发达，以后侧枝又以同样方式形成次级分枝，但各级侧枝的生长均不如主茎的发达。这种分枝方式，称为_____。

　　A. 二叉分枝　　　　B. 假二叉分枝　　　　C. 合轴分枝　　　　D. 单轴分枝

56. 茎的皮层位于表皮与中柱之间，绝大部分由_____组成。

　　A. 厚角细胞　　　　B. 厚壁细胞　　　　C. 薄壁细胞　　　　D. 表皮细胞

57. 茎的初生木质部进行离心发育，逐渐分化形成后生木质部，茎初生木质部的这种发育顺序称为_____。

　　A. 外始式　　　　　B. 内始式　　　　　C. 辐射式　　　　　D. 开放式

58. 在树干的横切面上靠近中央部分的木材，是较老的次生木质部，丧失了输导和贮藏的功能，这部分细胞颜色一般较深，养料和氧气进入都比较困难，引起生活细胞的衰老和死亡，被称为_____。

　　A. 心材　　　　　　B. 边材　　　　　　C. 早材　　　　　　D. 晚材

59. 周皮形成过程中，在原来气孔位置下面的木栓形成层不形成木栓细胞，而是产生一团圆球形，排列疏松的薄壁细胞，称为补充细胞。由于补充细胞增多，向外膨大突出，使周皮形成裂口，因而在枝条的外表产生一些浅褐色的小突起，这些突起称为_____。

　　A. 气孔　　　　　　B. 皮孔　　　　　　C. 种孔　　　　　　D. 珠孔

60. 有些植物的茎地上茎细长，匍匐地面而生，顶端生根长出芽，并在节上长根，由此可形成独立的植物体。这种变态茎称为_____，如草莓、蛇莓等。

　　A. 鳞茎　　　　　　B. 根状茎　　　　　C. 匍匐茎　　　　　D. 块茎

61. 豌豆复叶顶端的二、三对小叶变成了_____，具有攀缘作用。

　　A. 捕虫叶　　　　　B. 叶状柄　　　　　C. 叶刺　　　　　　D. 叶卷须

62. 由形成层细胞的增生和分化引起的生长过程，称为_____。

　　A. 营养生长　　　　B. 生殖生长　　　　C. 初生生长　　　　D. 次生生长

63. 种子萌发时，_____最先突破种皮。

　　A. 胚根　　　　　　B. 胚芽　　　　　　C. 上胚轴　　　　　D. 下胚轴

64. 根中初生木质部的发育方式是_____。

　　A. 外始式　　　　　B. 内始式　　　　　C. 内起源　　　　　D. 外起源

65. 茎上叶子脱落后在节上留下的痕迹称为_____。

　　A. 叶迹　　　　　　B. 叶隙　　　　　　C. 芽鳞痕　　　　　D. 叶痕

66. 维管束是一个复合组织，由初生木质部、初生韧皮部和_____组成。
    A. 形成层   B. 皮层   C. 内皮层   D. 外皮层
67. 人们通常看到的仙人掌的地上部分是_____。
    A. 根的变态   B. 茎的变态   C. 叶的变态   D. 花的变态
68. 食用红薯是_____。
    A. 变态根   B. 根瘤   C. 变态茎   D. 菌根

（三）多项选择题

1. 分布在植物的根尖、茎端的分生组织是_____。
   A. 顶端分生组织   B. 侧生分生组织 C. 居间分生组织   D. 初生分生组织
   E. 次生分生组织
2. 周皮是植物根茎的次生保护组织，由_____组成。
   A. 维管形成层   B. 木栓形成层   C. 木栓层   D. 栓内层
   E. 纤维层
3. 引起种子休眠的原因主要是_____。
   A. 种皮限制   B. 胚未成熟   C. 种子的后熟作用 D. 种子中存在萌发抑制剂
   E. 酶活性加强，代谢速度加快
4. 种子萌发时不可缺少的外界条件是_____。
   A. 合适的 PH 值   B. 一定的光照   C. 充足的水分   D. 足够的氧气
   E. 适宜的温度
5. 引起种子休眠的原因主要有以下几种：_____。
   A. 种皮限制   B. 胚未成熟   C. 种子的后熟作用 D. 种子中存在萌发抑制剂
   E. 水分不足
6. 维管形成层和木栓形成层都属于_____。
   A. 分生组织   B. 顶端分生组织 C. 侧生分生组织   D. 居间分生组织
   E. 次生分生组织
7. 维管系统主要由_____组成。
   A. 木质部   B. 韧皮部   C. 木栓层   D. 栓内层   E. 皮层
8. 根系的主要生理功能包括_____。
   A. 吸收土壤中的水和溶解在水中的无机营养物   B. 固定植物
   C. 储藏营养物和利用不定芽进行繁殖   D. 某些氨基酸和植物碱的合成
   E. 根系分泌物造成的根系微生物可增强植物的代谢、吸收和抗病等
9. 从纵剖面上看茎尖与根尖一样，也可分为_____三个部分。
   A. 分生区   B. 伸长区   C. 成熟区   D. 根毛区   E. 生长区
10. 茎的次生韧皮部位于周皮以内，由_____、韧皮薄壁细胞和韧皮纤维组成。
    A. 筛管   B. 导管   C. 伴胞   D. 筛胞   E. 管胞
11. 茎的次生保护组织周皮主要由_____三者组成。
    A. 木栓形成层   B. 木质部   C. 木栓层   D. 栓内层   E. 皮层

（四）名词解释

1. 次生结构　　　2. 木栓层　　　3. 根的次生结构　　　4. 直根系

5. 个体发育　　　6. 叶迹　　　7. 叶舌

（五）判断题

1. 仙人掌科的植物为适应沙漠干旱的环境，常形成肉质多汁的茎，叶子则退化成刺状。（　　）

2. 大多数种子植物侧根的起源为内起源，也就是发生于根的内部组织。（　　）

3. 保卫细胞细胞壁的结构特点是与气孔运动密切相关的一个重要因素。（　　）

4. 栅栏组织的作用：既可充分利用强光照，又可减少强光伤害。（　　）

5. 阳生叶具有叶片薄，大，角质膜薄，机械组织不发达，无栅栏组织的分化，叶肉细胞间隙大等特点。（　　）

6. 阴生叶具有叶片厚，小，角质膜厚，栅栏组织和机械组织发达，叶肉细胞间隙小等特点。（　　）

7. 背腹型叶的叶肉细胞包括栅栏组织和海绵组织的分化，栅栏组织的光合作用能力弱于海绵组织。（　　）

8. 植物的根系吸水是一种被动过程，而根系矿质元素的吸收则以主动吸收为主，需要载体的参与。（　　）

9. 树皮指维管形成层以外所有部分的总称，包括次生韧皮部、次生木质部、皮层、周皮和木栓层以外的一切死组织。（　　）

（六）问答题

1. 为什么在种子、块根和块茎等器官内贮存的营养物质都是些不溶于水的大分子物质，如淀粉、脂肪等，而不是葡萄糖等小分子？

2. 气孔的开关是如何引起的？试述气孔运动的机理。

3. 简述旱生植物叶的结构特点。

4. 旱生植物叶与中生植物叶相比在形态和结构上发生哪些变化？这些变化对植物本身有什么意义？

5. 单子叶植物与双子叶植物的叶片结构有哪些不同？

6. 试述水生植物叶片的结构特点。

7. 优良种子应具备哪些条件？

（七）识图题

下图为叶片的结构，请将图注填写在图中序号旁。

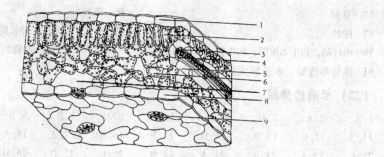

二、习题参考答案

（一）填空题

1. 胚，胚乳

2. 管胞，筛胞

3. 细胞分裂，细胞体积的增大，细胞分化

4. 无限生长

5. 叶脉

6. 微量元素，超微量元素

7. 分生区、伸长区、成熟区

8. 输导作用，支持作用

9. 表皮，叶肉

10. 细胞分裂，细胞伸长，细胞分化

11. 种子

12. 束痕

13. 年轮

14. 光合作用，蒸腾作用

15. 同源器官

16. 分生能力

17. 蒸腾作用

18. 叶脉

19. 胚

20. 次生壁，胞间层

21. 数量，繁衍后代

22. 二次，一次

23. 组织

24. 直根系

25. 叶痕

26. 光合作用，光合作用

27. 根

28. 叶痕

29. 外韧微管束

30. 叶

31. 同源器官

32. 植物体的幼体

33. 躲避逆境

34. 根冠

35. 茎

36. 输导作用

37. 胚乳或子叶

38. 托叶

39. 种子休眠

40. 伸长区

41. 表皮

42. 次生结构

43. 变态

44. 分蘖

45. 周皮

46. 托叶

47. 吐水作用

48. 增加贮藏水分

49. 时间

50. 直根系

51. 顶端分生组织

52. 根毛

53. 次生木质部

54. 芽

55. 早材
57. 托叶
59. 中柱鞘，初生木质部，初生韧皮部，薄壁细胞
61. 维管形成层，木栓形成层

56. 等面叶
58. 根冠、分生区、伸长区、根毛区（成熟区）
60. 导管，管胞；筛管，伴胞

（二）单项选择题

1. A   2. A   3. D   4. C   5. B   6. A   7. B   8. B   9. A   10. C
11. A   12. C   13. B   14. D   15. B   16. B   17. A   18. A   19. C   20. D
21. C   22. A   23. B   24. A   25. B   26. C   27. D   28. D   29. C   30. A
31. B   32. B   33. A   34. B   35. C   36. D   37. D   38. C   39. A   40. D
41. A   42. C   43. A   44. A   45. D   46. A   47. B   48. A   49. B   50. B
51. A   52. B   53. C   54. D   55. B   56. C   57. B   58. A   59. B
60. C   61. D   62. D   63. A   64. A   65. D   66. A   67. B   68. A

（三）多项选择题

1. AD   2. BCD   3. ABCD   4. CDE   5. ABCD   6. ACE
7. AB   8. ABCDE   9. ABC   10. AC   11. ACD

（四）名词解释

1. 答：次生结构是次生生长形成的结构，包括次生维管组织或周皮。

2. 答：木栓层是由多层细胞径向紧密排列而成，这些细胞在横切面上呈长方形，细胞壁厚且强烈栓质化，细胞成熟时，原生质体解体，细胞腔充满空气。

3. 答：根的次生结构是由根的微管形成层和木栓形成层细胞分裂、生长和分化形成的，主要包括周皮、次生韧皮部、次生木质部、微管形成层和微管射线。

4. 答：大多数双子叶植物和裸子植物所具有的有明显主根和侧根之分的根系叫做直根系。

5. 答：个体发育是生物个体或结构从发生到成熟的发育过程。

6. 答：叶痕中的点状突起是枝条与叶柄间的维管束断离后留下的痕迹，称为叶迹。

7. 答：在叶片与叶鞘相接处的腹面，有膜状的突出物，叫做叶舌，它可防止水分、昆虫和病菌孢子落入叶鞘内。

（五）判断题

1. 错   2. 对   3. 对   4. 对   5. 错   6. 错   7. 错   8. 对   9. 错

（六）问答题

1. 为什么在种子、块根和块茎等器官内贮存的营养物质都是些不溶于水的大分子物质，如淀粉、脂肪等，而不是葡萄糖等小分子？

答：①有机物的运输首先遵循从"源"到"库"的原则，即从进行光合作用合成有机物的叶运输到贮存有机物的果实、种子、块根、块茎。②葡萄糖的小分子物质易被氧化分解，而淀粉等大分子物质才能长期贮存，长期自然选择的结果，就保留了将有机物转化为淀粉等大分子有机物质贮存在块根、块茎中的植物。③果实的发育造就了最具有竞争力的营养库。

2. 气孔的开关是如何引起的？试述气孔运动的机理。

答：①气孔一般白天张开，夜间关闭，其开关过程是由保卫细胞的压力势变化引起的。②当保卫细胞大量积累溶质时，其水势明显下降，于是水分从周围表皮细胞通过运动进入保卫细胞，使保卫细胞产生强大的压力势，细胞膨胀，气孔张开；气孔关闭过程恰恰相反，它是保卫细胞丧失压力势的结果。③保卫细胞的细胞壁结构特点也与气孔运动密切相关，这种结构特点包括两个方面：一是构成细胞壁的纤维素纤维丝呈径向排列，它阻止保卫细胞的径向扩大，但不影响保卫细胞的延长；二是保卫细胞背面的细胞壁通常较薄，而腹面和其他各方的细胞壁都较厚，并且两个保卫细胞的末端牢固地连接在一起，其长度并不因气孔的开关而变化。④当保卫细胞吸水膨胀，增大的压力势会使保卫细胞的外壁向外运动，然而，由于径向纤维丝的阻碍作用，压力势的作用转化为对两个保卫细胞相邻细胞壁的拉力，导致气孔张开。反之，气孔关闭。

3. 简述旱生植物叶的结构特点。

答：（1）复表皮；（2）气孔窝；（3）表皮毛。

4. 旱生植物叶与中生植物叶相比在形态和结构上发生了哪些变化？这些变化对植物本身有什么意义？

答：旱生植物的叶一般具有保持水分和防止蒸腾的明显特征，通常向着两个不同的方向发展：一类是对减少蒸腾的适应，形成了小叶植物，其叶片小而硬，通常多裂，表皮细胞外壁增厚，角质层也厚，甚至于形成复表皮，气孔下陷或局限在气孔窝内，表皮常密生表皮毛，栅栏组织层次多，甚至于上、下两面均有分布，机械组织和输导组织发达；另一种类型是肉质植物，其特征是叶肥厚多汁，在叶肉内有发达的薄壁组织，贮存了大量的水分，以此适应旱生的环境。

5. 单子叶植物与双子叶植物的叶片结构有哪些不同？

答：（1）异面叶和等面叶；（2）表皮：长细胞、短细胞交互排列；（3）上、下表皮均有气孔；（4）保卫细胞呈哑铃型，还有副卫细胞；（5）泡状细胞（运动细胞）。

6. 试述水生植物叶片的结构特点。

答：机械组织、保护组织退化，角质膜薄或无，叶片薄或丝状细裂。叶肉细胞层少，没有栅栏组织和海绵组织的分化，通气组织发达。

7. 优良种子应具备哪些条件？

答：（1）发育充实，粒大饱满，具有较高的发芽率；（2）富有生命力；（3）无病虫害。

（七）识图题

答：1. 上表皮　2. 栅栏组织　3. 木质部　4. 韧皮部　5. 维管束鞘　6. 海绵组织　7. 气腔　8. 下表皮　9. 气孔器。

第3章 植物的物质与能量代谢

一、练习题

（一）填空题

1. 物质和_____代谢是植物生命活动的基础。

2. 在生产上如要获得健壮的植株，常常要求比最适温度稍低的温度，这个温度称为_____。

3. 在一天当中，白天和黑夜的相对长度称为_____。

4. 植物的一生是由许多不同的发育阶段组成的，这些发育阶段有规律的、顺序的发生过程就组成了植物的_____。

5. 根吸收的离子一旦进入木质部导管（或管胞），无机离子便随着_____迅速上升。

6. 叶片是植物体进行_____的主要器官，通过_____形成的有机物是植物体全部生命活动的物质和能量基础。

7. 高等植物二氧化碳光合同化的途径有三条，即卡尔文循环、碳4途径和景天酸代谢途径，其中以_____最为普遍，同时也只有这条途径才具有合成淀粉等产物的能力。

8. 由于水分子之间的_____和水分子与导管壁之间的_____远大于水柱_____，因而导管中的水柱连续不中断，这是水分源源不断上升的保证。

9. 根可以从土壤溶液中吸收离子，也可以利用土壤胶体颗粒表面的吸附态离子，根对吸附态离子的利用方式有两种，一种是_____，另一种是_____。

10. 有机物的转运是十分复杂的过程。从运输的方向看，它首先遵循的原则是从_____到_____的运输。其次，有机物的运输具有_____的特点。

11. 感性运动多与叶枕细胞膨压变化有关。根据外界刺激因子的不同，感性运动可分为_____和_____等。

12. 植物细胞的蒸腾作用主要有_____、_____两种方式。

13. "蒸腾流—内聚力—张力学说"认为，植物体内水分沿着导管上升的动力主要是_____。

14. 生物膜转运蛋白大致可分成泵、_____、_____三类。

15. 植物的有氧呼吸包括_____和_____、电子传递三个不同的阶段。

16. 水是植物体的重要_____，其含量常常决定了植物体的生命活动强度。

17. 植物的蒸腾作用主要有两种方式，一种是_____；另一种是气孔蒸腾。

18. 当将植物细胞放入高渗溶液中时，细胞失水导致整个原生质体缩小，细胞发生_____。

19. _____是植物主要的吸水器官。

20. 在植物体中，相邻细胞之间存在的_____使相邻细胞的原生质体连成一体，同时也为细胞间的物质运输提供了另一条途径。

21. _____是高等植物进行呼吸的主要方式。

22. 植物体以水蒸气状态向外界大气蒸散水分的过程，称为_____。

23. 植物的一生是由许多不同的发育阶段组成的，这些发育阶段有规律、顺序的发生过程就构成了植物的_____。

24. 除了临界日长之外，影响植物开花光周期的另外两个重要因素是_____和_____。

25. 水是植物体的重要组成部分，其含量常常决定了植物体的_____强度。

26. 水生植物的_____通常远远大于旱生植物。

27. 对多数植物而言，_____是主要的蒸腾途径。

28. 植物体的含水量与植物种类器官和组织特性以及所处的_____有关。

29. 草本植物的_____通常高于木本植物。

30. 无论是水的团流，还是渗透作用，都需要_____来推动。

31. 植物细胞的水势是由渗透势、压力势和_____三种因素决定的。

32. 所谓临界日长，对于长日植物来说，是指引起植物开花反应的_____。

33. 水不仅是植物细胞某些代谢过程的原料，而且还是植物体内绝大多数代谢过程得以顺利进行的_____。

34. 植物适应于一年中气候的节律性变化，常常形成与此相适应的植物发育节律，从开始积极的生命活动，经出蕾，开花，结实，直到休眠，按一定顺序通过它的发育期，这种现象称为植物的_____。

35. 水稻的早中晚稻主要是受栽培季节中日照长短不同的影响而分化形成的_____。

36. 根据元素在植物体内含量的多少可将植物体内的元素分为大量元素、_____、_____三类。

37. 梅、桃、樱花、杜鹃、山茶、紫藤等一般在_____月气温高至_____以上时进行花芽分化，入秋后进入休眠，后经一段时间的低温则打破休眠而开花。

38. _____植物要求在一定的荫蔽条件下才能生长良好，不能忍受强烈的直射光线。如蕨类、兰科及部分攀援、匍匐植物。

39. 红光、橙光有利于植物合成碳水化合物，_____日照植物的发育，延迟短日照植物发育。

40. _____植物是指能忍受较长期空气或土壤的干燥而继续生活的耐旱力较强的植物。如沙漠玫瑰、石莲花。

41. 在植物栽培中常采用_____、减水、断水等措施来促进花芽分化。

42. 沙土类的粒径在 1 ~ 0.5 mm 的沙粒占 50% ~ 70%。土粒间隙大，通透性强，排水良好，但_____差，水分和空气在沙土中十分通畅，作物易生根。

43. _____元素是植物在生长发育过程中，需要量较大的营养元素。包括碳、氢、氧、氮、磷、钾、硫、钙、镁、铁。

44. 氮是植物首先需要的营养元素，它是植物体内蛋白质及_____的重要组成部分，也是叶绿素的重要成分。能促进植物的营养生长，增进叶绿素的产生，使花朵叶片增大、种子丰富。

45. 秋天翻地时，将土壤病菌和_____翻于表层，暴露于空气中，经日光与冬季严寒等杀灭之，可减少翌年病虫害的发生。

46. 在播种出苗后，幼苗拥挤，应予疏拔，扩大_____，改善拥挤状况，使空气流通，日照充足，生长苗壮，以防止病虫害发生。

47. _____多用于大苗，先在苗周围将上部的土铲开，最后在底部一铲将苗铲起，勿使土球散开。

48. 浇水的原则是见干就浇水_____。

49. 有机肥包括人畜粪、饼肥、厩肥、堆肥、灶灰以及绿肥等。具有_____，养分完全，能显著地增加土壤中的有机质，改良土壤等优点，一般都可作_____施用，以供应植物整个生育期的需要。

50. 中根的意义可使土壤_____，增加土温，提高土壤保水保肥的能力，促进植物根系发育。

51. 除草可以避免杂草和作物争夺土壤中的_____、水分和阳光。

52. 植物生长的最低温度是植物生长发育需要的_____温度，是植物生长发育需要温度的_____，_____于这个最低温度，植物才有可能生长发育，而_____于最低温度，则植物不可能发育，甚至死亡。

53. 温度对植物的分布影响很大，如热带植物多_____；温带植物多_____、_____。

54. 根据耐寒力的大小将植物分成_____、_____、_____三类。

55. 红光、橙光能加速_____植物的发育，延迟_____植物的发育。

56. 根据植物对水分的不同需要量，可将植物分成以下_____、_____、_____三类。

57. 按土壤矿物质颗粒粒径的大小将土壤分为_____、_____、_____三大类。

58. 植物细胞的蒸腾作用有两种方式，即_____和_____。

59. 根毛吸收的水分经由皮层到达维管柱的途径有三种：_____、_____和_____。

60. 参与光合作用的色素除叶绿素外，还有_____和_____。

61. 根系是吸水的主要器官，根系吸水的动力来源于_____和_____。

（二）单项选择题

1. 茎背离重力方向向上生长，称为_____。
   A. 正向重力性　　　B. 负向重力性　　　C. 横向重力性　　　D. 侧向重力性
2. 促使植物体内水分沿导管（或管胞）上升的主要动力是_____。
   A. 根压　　　　　　B. 渗透压　　　　　C. 蒸腾拉力　　　　D. 水分子内聚力
3. 膜的选择透性主要与膜上的_____有关。
   A. 脂类双分子　　　B. 糖分子　　　　　C. 疏水区域　　　　D. 蛋白质
4. 细胞通过质膜小泡摄取较大的固体颗粒的现象叫做_____。
   A. 内吞作用　　　　B. 胞饮作用　　　　C. 吞噬作用　　　　D. 胞吐作用
5. 植物的有氧呼吸包括_____三个不同的阶段。
   A. 脱氢、递氢和受氢　　　　　　　　　B. 糖酵解、三羧酸循环、电子传递

C. 光反应、暗反应、卡尔文循环　　　D. 磷酸化作用、脱羧、氧化磷酸化

6. 根系吸收无机离子最活跃的区域是_____。

    A. 根毛区　　　　B. 伸长区　　　　C. 分生区　　　　D. 根冠

7. 沿着溶质浓度梯度或电化学势梯度进行的溶质转运称为被动转运，_____进行的溶质转运就是被动转运。

    A. 泵　　　　B. 质子泵　　　　C. 通道蛋白　　　　D. 胞饮作用

8. 在有氧呼吸过程中，1 个分子葡萄糖经糖酵解、三羧酸循环和电子传递链完全氧化成二氧化碳和水后，净生成_____分子 ATP。

    A. 2　　　　B. 12　　　　C. 38　　　　D. 36

9. 细胞吸水有多种方式，未形成液泡的幼嫩细胞和干燥种子的吸水主要靠_____。

    A. 渗透吸水　　　B. 降压吸水　　　C. 吸胀吸水　　　D. 被动吸水

10. 在电子传递链上所发生的 ADP 被磷酸化为 ATP 的过程称为_____。

    A. 光合磷酸化　　　B. 氧化磷酸化　　　C. 环式光合磷酸化　　　D. 非环式光合磷酸化

11. 在日照长度长于临界日长的条件下才能开花的植物叫做_____。

    A. 短日植物　　　B. 长日植物　　　C. 日中性植物　　　D. 中日植物

12. _____主要指植物体体积的增大，它主要通过细胞分裂和伸长来完成。

    A. 分化　　　　B. 分裂　　　　C. 生长　　　　D. 发育

13. 在生产上如要获得健壮的植株，常常要求比最适温度略低的温度，这个温度称为_____。

    A. 最高温度　　　B. 最低温度　　　C. 最适温度　　　D. 协调最适温度

14. 生长素最重要的生理功能是_____。

    A. 促进生长　　　B. 促进器官的分化　　　C. 阻止器官脱落　　　D. 与植物的顶端优势的形成有关

15. 在日照长度短于临界日长时开花的植物叫做_____，它们通常在早春或秋季开花。

    A. 短日植物　　　B. 长日植物　　　C. 日中性植物　　　D. 短夜植物

16. 低温对植物开花的促进作用被称为_____。

    A. 光周期作用　　　B. 光周期反应　　　C. 温周期现象　　　D. 春化作用

17. 一般植物的茎能垂直向上生长，这种特性称为_____。

    A. 正向重力性　　　B. 负向重力性　　　C. 横向重力性　　　D. 向光性

18. 植物细胞的蒸腾作用主要有气孔蒸腾和_____两种方式。

    A. 角质层蒸腾　　　B. 表皮蒸腾　　　C. 叶面蒸腾　　　D. 叶肉蒸腾

19. 在一天当中，白天和黑夜的相对长度称为_____。

    A. 细胞周期　　　B. 光周期　　　C. 生活周期　　　D. 生命周期

20. 绿色植物进行光合作用的场所是_____。

    A. 线粒体　　　　B. 叶绿体　　　　C. 核糖体　　　　D. 高尔基体

21. _____与植物的向光性有关。

    A. 生长素　　　B. 赤霉素　　　C. 细胞分裂素　　　D. 乙烯

22. _____是根压存在的最好例证，也就是从未受伤叶片尖端或叶缘向外泌溢液滴的

现象。

    A. 吐水现象   B. 胞饮现象   C. 叶镶嵌现象   D. 他感现象

23. "蒸腾流—内聚力—拉力学说"认为，植物体内水分沿着导管上升的动力主要是_____。

    A. 根压   B. 内聚力   C. 张力   D. 蒸腾拉力

24. 早上，小张用手碰了一下含羞草，结果含羞草的小叶都成对地合拢了，这是因为_____。

    A. 感夜性   B. 感震性   C. 向地性   D. 向光性

25. 在渗透系统中，溶液由于溶质的存在，其水势低于纯水的水势，这种溶液与纯水见的水势差就是溶液的_____。

    A. 渗透势   B. 水势   C. 压力势   D. 衬质势

26. 生物体内的有机物通过氧化还原作用产生二氧化碳，同时释放能量的过程叫做_____。

    A. 光合作用   B. 呼吸作用   C. 蒸腾作用   D. 代谢作用

27. 影响蒸腾作用的主要因素是_____。

    A. 气孔的开关   B. 温度   C. 空气湿度   D. 光照强度

28. 由于枝叶蒸腾作用而引起的根系吸水，称为_____。

    A. 主动吸水   B. 被动吸水   C. 吐水   D. 渗透吸水

29. _____是特指细胞通过质膜凹陷摄取液体和溶质的现象。

    A. 内吞作用   B. 吞噬作用   C. 胞吐作用   D. 胞饮现象

30. _____是进行光合作用的主要器官。

    A. 表皮   B. 叶脉   C. 叶片   D. 叶芽

31. 植物体以水蒸气状态向外界大气蒸散水分的过程，称为_____。

    A. 蒸腾作用   B. 蒸发作用   C. 光合作用   D. 呼吸作用

32. 对保卫细胞水势的变化起关键作用的是_____离子。

    A. 钠   B. 钾   C. 氯   D. 镁

33. 所有的绿色植物都含有_____，它是进行光合作用必需的色素。

    A. 叶绿素 a   B. 叶绿素 b   C. 叶绿素 c   D. 叶绿素 d

34. 种子萌发是一种_____过程。

    A. 营养   B. 自养   C. 异养   D. 移养

35. 植物生长的_____是指植株生长速度最快的环境温度。

    A. 协调最适温度   B. 最低温度   C. 最高温度   D. 最适温度

36. 含羞草的叶子被我们碰了一下就合拢了，这是因为植物的_____。

    A. 向光性   B. 向重力性   C. 感震性   D. 感夜性

37. 由于代谢活动引起的植物吸水现象，称为_____。

    A. 主动吸水   B. 被动吸水   C. 吐水   D. 渗透吸水

38. 三种转运蛋白转运溶质的速度是不同的，_____的转运速度最快。

    A. 泵   B. 载体   C. 通道   D. 半透膜

39. _____是植物主要的吸水器官。

    A. 叶片   B. 根系   C. 块茎   D. 根状茎

40. 空气湿度的增加可以明显地_____植物的蒸腾作用。

    A. 增加   B. 增强   C. 降低   D. 加快

41. _____是指那些在日照长度长于临界日长时才能开花的植物，它们通常在夏季开花。

    A. 日中性植物   B. 长日植物   C. 短日植物   D. 短长日植物

42. 植物的一生是由许多不同的发育阶段组成的，这些发育阶段有规律的、顺序的发生过程就组成了植物的_____。

    A. 细胞周期   B. 光周期   C. 生活周期   D. 生命周期

43. _____是植物呼吸作用的场所，它把有机物降解过程中释放的能量贮存于 ATP 中，为细胞的各种代谢活动提供能量和中间产物。

    A. 高尔基体   B. 纺锤体   C. 线粒体   D. 染色体

44. 吸胀力也是一种水势，称为_____。

    A. 渗透势   B. 压力势   C. 衬质势   D. 化学势

45. 当将植物细胞放入_____中时，细胞失水导致整个原生质体缩小，细胞发生质壁分离。

    A. 一般溶液   B. 中渗溶液   C. 低渗溶液   D. 高渗溶液

46. _____是影响蒸腾作用的主要因素。

    A. 离子浓度   B. 气孔的开关   C. 空气湿度   D. 温度

47. 植物体以水蒸气状态向外界大气蒸散水分的过程，称为_____。

    A. 蒸腾作用   B. 蒸发作用   C. 光合作用   D. 呼吸作用

48. 一般情况下，_____是控制种子萌发的最重要因素。

    A. 水分   B. 温度   C. 空气   D. 光照

49. 许多植物的光合作用适应于在强光下进行，而不能忍受隐蔽，这类植物称为_____。

    A. 阳生植物   B. 阴生植物   C. 水生植物   D. 旱生植物

50. 下列植物中，_____需强烈光照，必须在强光下开花。

    A. 大花马齿苋   B. 牵牛   C. 亚麻   D. 紫茉莉

51. 下列植物中，在高温下进行花芽分化的是_____。

    A. 金盏花   B. 桃花   C. 雏菊   D. 八仙花

52. 下列植物中，_____是耐寒性植物。

    A. 金鱼草   B. 仙客来   C. 变叶木   D. 瓜叶菊

53. 下列植物中，_____只盛开于每日的晨曦之中。

    A. 鸡冠花   B. 牵牛   C. 千日红   D. 紫罗兰

54. _____是花卉体内可以重复利用的元素之一，常以离子状态存在，移动性较强，随花卉的生长转移到生命活动最旺盛的部位。

    A. 氮   B. 硫   C. 钾   D. 磷

（三）多项选择题

1. 根毛吸收的水分经由皮层到达维管柱的途径有_____。

A. 质外体运输 　　B. 共质体运输 　　C. 胞间转运 　　D. 载体转运 　　E. 质子泵

2. 叶绿素是一类主要吸收_____的色素，因为它反射绿光，所以呈绿色。

A. 紫光 　　B. 紫外光 　　C. 蓝光 　　D. 绿光 　　E. 红光

3. 植物的营养生长是建立在_____基础上的，其结果主要表现为不同营养器官的形成和发育。

A. 细胞分裂 　　B. 细胞生长 　　C. 细胞伸长 　　D. 细胞分化 　　E. 细胞周期

4. 生长素对植物营养生长的调节作用主要表现在_____。

A. 促进生长 　　B. 促进器官的分化 　　C. 阻止器官的脱落

D. 抑制细胞伸长，引起横向膨大，使茎变粗变短 　　E. 抑制核酸和蛋白质的合成

5. 氮、磷、钾是植物体生长发育所需要的_____。

A. 必需元素 　　B. 大量元素 　　C. 微量元素 　　D. 超微量元素 　　E. 含量极微的元素

6. 自然界可以诱导植物开花的因子很多，目前已发现_____在花诱导过程中具有重要作用。

A. 植物内源激素 　　B. 光周期 　　C. 春化作用 　　D. 空气湿度 　　E. 蒸腾作用

7. 向性运动由_____等外界刺激而产生，且运动方向取决于外界刺激的方向。

A. 光暗转变 　　B. 触摸 　　C. 内部时间机制 　　D. 光 　　E. 重力

8. 植物的有氧呼吸包括_____几个不同的阶段。

A. 光反应 　　B. 暗反应 　　C. 糖酵解 　　D. 三羧酸循环 　　E. 电子传递

9. 根毛吸收的水分经由皮层到达维管柱的途径有_____。

A. 质外体运输 　　B. 共质体运输 　　C. 胞间转运 　　D. 主动运输 　　E. 被动运输

10. 下列名词中，_____属于膜蛋白。

A. 酶 　　B. 载体 　　C. 受体分子 　　D. 质子泵 　　E. 通道

11. 呼吸作用是指生物体内的有机物通过氧化还原作用产生二氧化碳，同时释放能量的过程，其间主要经过了_____三个阶段。

A. 运氢 　　B. 聚氢 　　C. 受氢 　　D. 脱氢 　　E. 递氢

12. 植物的有氧呼吸包括_____三个不同的阶段。

A. 糖酵解 　　B. 三羧酸循环 　　C. 卡尔文循环 　　D. 电子传递 　　E. 光合磷酸化

13. 无论在生命系统还是非生命系统中，水的运动都是以_____三种方式进行的。

A. 吸涨 　　B. 胞饮 　　C. 渗透 　　D. 扩散 　　E. 团流

14. 在任何含水的体系中，水总是从水势_____的区域向水势_____的区域移动。

A. 高 　　B. 低 　　C. 大 　　D. 小 　　E. 多

15. 确定必需元素的标准是：_____。

A. 该元素的作用是直接的 　　B. 该元素的作用是特异的，不能为其他元素所代替

C. 该元素是不可缺少的，在完全缺乏该元素时，植物不能正常生长和生殖，即不能完成其生活史

D. 这些元素占植物体干重的 0.01%～10% 　　E. 这些元素在植物体中含量很少

16. 植物的呼吸作用可分为_____等三种类型。

A. 有氧呼吸 　　B. 无氧呼吸 　　C. 光呼吸 　　D. 厌氧呼吸 　　E. 发酵

17. 参与光合作用的色素除叶绿素外，还有_____它也是光合作用中捕获光能的辅助色素。

　　A. 叶黄素　　　　B. 胡萝卜素　　　C. 类胡萝卜素　　D. 藻胆素　　　E. 藻红素

18. _____是在低温下进行花芽分化的植物。

　　A. 八仙花　　　　B. 水仙　　　　　C. 梅　　　　　D. 金盏花　　　E. 雏菊

19. 阴生植物要求在一定的荫蔽条件下才能生长良好，不能忍受强烈的直射光线。如：_____等都是。

　　A. 蕨类　　　　　B. 兰科　　　　　C. 萱草　　　　D. 桔梗　　　　E. 仙人掌

20. 有些植物花蕾需强烈光照，如：_____必须在强光下开花。

　　A. 昙花　　　　　B. 大花马齿苋　　C. 酢浆草　　　D. 牵牛　　　　E. 亚麻

21. 蓝紫光能_____使植物花的色彩艳丽。

　　A. 加速短日照花卉发育　　　　　　　B. 延迟长日照花卉发育

　　C. 抑制茎的伸长和促进花青素的形成　D. 加速长日照花卉的发育

　　E. 延迟短日照花卉发育

22. 优良种子应具备的条件是：_____。

　　A. 发育充实，粒大饱满，具有较高的发芽率　B. 富有生命力

　　C. 无病虫害　　　　　　　　　　　　　　　D. 适于摘心

　　E. 喜炎热而空气干燥

（四）名词解释

1. 呼吸作用　　　　2. 渗透势　　　　3. 植物的衰老　　　4. 光合作用

5. 水势　　　　　　6. 光周期　　　　7. 光合链　　　　　8. 光补偿点

（五）判断题

1. 所有的无机离子都可以进行体内再循环。　　　　　　　　　　　　（　　　）

2. 植物的衰老是指一个器官或整个植株的生命功能逐渐衰退的过程。衰老只发生在整株水平上。　　　　　　　　　　　　　　　　　　　　　　　　　　　　　（　　　）

3. 同一种植物生活在不同地区，其物候进程是一样的。　　　　　　　（　　　）

3. 环境条件影响着植物的生长、发育和繁殖，对它们的外部形态、内部构造和生理功能没有多大影响　　　　　　　　　　　　　　　　　　　　　　　　　　　　（　　　）

5. 温度对植物的分布影响很大，如热带植物多阔叶常绿，多巨大藤本；温带植物多阔叶夏绿、冬季落叶；寒带植物则以针叶树及生活周期很短的草本为主。　　　　　（　　　）

6. 同一种植物的不同发育阶段对温度的要求相同。　　　　　　　　　（　　　）

7. 阳光是绿色植物赖以生存的必要条件，是绿色植物制造有机物质的能量来源。（　　　）

8. 日照长度影响植物的分布，但对植物的营养繁殖没有影响。　　　　（　　　）

9. 不同植物对特殊环境因子的抗性大小不同，不同植物适应逆境的方式也不一样。（　　　）

10. 有机物的转运是十分复杂的过程。从运输的方向看，它首先遵循的原则是从"源"到"库"的运输。　　　　　　　　　　　　　　　　　　　　　　　　　　　（　　　）

11. 所谓临界日长，对于短日植物来说，是指引起植物开花的最短日长。（　　　）

12. 当植物由水生演化为陆生后，失水成为影响植物生存的一个严重问题。（　　　）

13. 为提高光合效率，植物体要尽可能地扩大其表面积，以吸收最多的光能。　　　（　　）

14. 在植物的生活史中，除了活动期和休眠期的交替外，还有生长活动期不同发育阶段的交替。　　　（　　）

15. 植物细胞具有由纤维素和果胶等物质构成的细胞壁，水分和溶质可以自由透过细胞壁，但质膜和液泡膜是半透膜，不是任何分子都可以自由通过的。　　　（　　）

16. 卡尔文循环中含有含三个羧基的有机酸参与，故又叫做三羧酸循环。　　　（　　）

17. 景天科植物为适应干旱的生活环境，它们的气孔常常白天关闭、晚上张开。　　　（　　）

18. 当植物的吸水量大于蒸腾量时，往往可以观察到吐水现象。　　　（　　）

19. 为了维持细胞和个体的正常生长发育，植物必须不断地从环境中吸收多种物质以满足其复杂的生物化学反应的需要。　　　（　　）

20. 植物体内水分沿着导管（或管胞）上升的动力主要是蒸腾拉力。　　　（　　）

21. 根系吸收无机离子最活跃的区域不是伸长区，而是根毛区。　　　（　　）

22. 大多数高等植物不能长期在缺氧条件下生活。　　　（　　）

23. 高原地区蓝、紫光的比重较小，植物的植株偏矮小，花色则特别鲜艳。　　　（　　）

24. 钾是植物体内可以重复利用的元素之一，常以离子状态存在，移动性较强，随植物的生长转移到生命活动最旺盛的部位。　　　（　　）

25. 花卉栽培的成功与否，主要取决于花卉对外界环境因素的要求、适应以及人们对环境因素的控制和调节能力。　　　（　　）

26. 昼夜温差大不利于植物的迅速生长。　　　（　　）

27. 光照强度不仅直接影响着光合作用的强度，而且还影响到植物一系列形态上和解剖上的变化，如茎的粗细、节间的长短、叶片的大小和厚薄及叶肉结构、花色的浓淡等。　　　（　　）

28. 光照强，植物的光合作用亦会增强。　　　（　　）

29. 蓝紫光能抑制茎的伸长和促进花青素的形成，有利于维生素 C 的合成。　　　（　　）

30. 植物的一切生命活动都必须有水参加。水是植物细胞的重要组成部分，也是植物进行光合作用的主要原料之一。　　　（　　）

31. 不同的植物生长在不同的环境，但所需要的土壤养料都是相同的。　　　（　　）

32. 向日葵叶子的阳光跟踪运动属于植物器官的向性运动。　　　（　　）

（六）简答题

1. 简述质膜的流动镶嵌模型。

2. 在广东能种植冬小麦吗？为什么？

3. 确定必需元素的标准是什么？

4. 外界条件如何影响根系吸收矿质元素？

4. 试述光合作用的机理。

二、习题参考答案

（一）填空题

1. 能量　　　　　　　　　　　　　　2. 协调最适温度

3. 光周期

4. 生活周期

5. 维管系统

6. 光合作用，光合作用

7. 卡尔文循环

8. 内聚力，附着力，张力

9. 通过土壤溶液进行交换，直接交换或称接触交换

10. "源"，"库"，"同侧运输，就近供应"

11. 感夜性，感震性

12. 角质层蒸腾、气孔蒸腾

13. 蒸腾拉力

14. 载体、通道

15. 糖酵解、三羧酸循环

16. 组成部分

17. 角质层蒸腾

18. 质壁分离

19. 根系

20. 胞间连丝

21. 有氧呼吸

22. 蒸腾作用

23. 生活周期

24. 诱导周期数，光质

25. 生命活动

26. 含水量

27. 气孔蒸腾

28. 环境条件

29. 含水量

30. 能量

31. 衬质势

32. 最小日长

33. 媒介

34. 物候现象

35. 光照生态型

36. 微量元素，超微量元素

37. 6～8 月，25℃

38. 阴生花卉

39. 加速

40. 旱生花卉

41. 扣水

42. 保水性

43. 大量

44. 核酸

45. 害虫

46. 幼苗间的距离

47. 带土移植

48. 浇水就浇透

49. 肥效慢而持久，基肥

50. 疏松

51. 养分

52. 最起码，最低界限，高于，低于

53. 阔叶常绿，巨大藤本，阔叶夏绿，冬季落叶

54. 耐寒性植物，半耐寒性植物，不耐寒性植物

55. 长日照植物，短日照植物

56. 旱生植物，湿生植物，中生植物

57. 砂土类，黏土类，壤土类

58. 角质层蒸腾、气孔蒸腾

59. 质体外运输、共质体运输、胞间转运

60. 类胡萝卜素、藻胆素

61. 根压、蒸腾拉力

（二）单项选择题

1. B	2. C	3. D	4. C	5. B	6. A	7. C	8. D	9. C	10. B
11. B	12. C	13. D	14. A	15. A	16. D	17. C	18. A	19. B	20. B
21. A	22. A	23. D	24. B	25. A	26. B	27. C	28. B	29. D	30. C
31. A	32. B	33. A	34. C	35. D	36. C	37. C	38. C	39. B	40. C
41. B	42. C	43. C	44. C	45. D	46. B	47. A	48. C	49. A	50. A
51. B	52. A	53. B	54. C						

（三）多项选择题

1. ABC	2. ACE	3. ACD	4. ABC	5. AB	6. ABC
7. DE	8. CDE	9. ABC	10. ABCDE	11. CDE	12. ABD
13. CDE	14. AB	15. ABC	16. ABE	17. CABD	18. ADE
19. AB	20. BC	21. ABC	22. ABC		

（四）名词解释

1. 答：呼吸作用指生物体内的有机物通过氧化还原作用产生二氧化碳，同时释放能量的过程，其间主要经过了脱氢、递氢和受氢三个阶段。

2. 答：渗透势是指溶液与纯水之间的水势差。

3. 答：植物的衰老是指一个器官或整个植株的生命功能逐渐衰老的过程。

4. 答：光合作用绿色植物在光下利用二氧化碳和水合成有机物质，并放出氧气的过程。

5. 答：水势指水可以用来做功或发生化学反应的能量大小的度量。

6. 答：光周期是指一天当中白天和黑夜的相对长度。

7. 答：光合作用的光反应是由光系统Ⅰ和光系统Ⅱ这两个光系统启动的，两个光系统由电子传递链连接起来。连接两个光反应的排列紧密而互相衔接的电子传递物质称为光合链。

8. 答：光照减弱时，光合速率随之降低，当光照减弱到光合作用所吸收的 CO_2 等于呼吸作用释放的 CO_2 时，这时的光照强度称为光补偿点。

（五）判断题

1. 错	2. 错	3. 错	4. 错	5. 对	6. 对	7. 对	8. 错	9. 对
10. 对	11. 错	12. 对	13. 错	14. 对	15. 对	16. 错	17. 对	18. 对
19. 错	20. 对	21. 错	22. 对	23. 错	24. 对	25. 对	26. 错	27. 对
28. 错	29. 对	30. 对	31. 错	32. 对				

（六）简答题

1. 简述质膜的流动镶嵌模型。

答：（1）流动性，脂质双分子层，头部，尾部；（2）蛋白质分子的不对称性，镶在表面，嵌入其内，横跨脂双层。

2. 在广东能种植冬小麦吗？为什么？

答：不能。因为广东冬季气温较高，冬小麦不能完成春化作用。

3. 确定必需元素的标准是什么？

答：（1）不可缺少性；（2）不可替代性；（3）直接功能性。

4. 外界条件如何影响根系吸收矿质元素？

答：（1）土壤温度　一定范围内，根系吸收矿质元素随土壤温度的增高而增加。温度主要影响根系的呼吸作用，从而影响主动吸收；温度也影响酶的活性、膜的透性和原生质的胶体状况，进而影响矿质元素的吸收和运输。（2）通气状况　土壤通气状况与呼吸作用有关，而根系吸收矿质元素与呼吸作用密切相关，因此，通常情况下，O_2 增加，CO_2 降低，有利于根系吸收矿质元素。（3）介质的酸碱度　由于细胞质中的蛋白质为两性电解质，当介质 pH 值低于蛋白质等电点时，蛋白质带正电荷，根系易于从外界溶液中吸收阴离子；反之，易于吸收阳离子。另外，土壤溶液 pH 值能影响土壤中矿质元素的可利用性，如 Fe^{3+} 在偏碱土壤条件下容易形成不溶性化合物。
（4）离子间的相互作用　由于离子间的相互作用，一种离子的存在可能会促进或降低另一种离子的吸收。

　　5. 试述光合作用的机理。

　　答：光合作用包括原初反应、电子传递和光合磷酸化、碳同化三个相互联系的步骤，原初反应包括光能的吸收、传递和光化学反应，通过它把光能转变为电能。电子传递和光合磷酸化则指电能转变为 ATP 和 NADPH（合称同化力）这两种活跃的化学能。活跃的化学能转变为稳定化学能是通过碳同化过程完成的。碳同化有三条途径：C_3 途径、C_4 途径和 CAM 途径。根据碳同化途径的不同，把植物分为 C_3 植物、C_4 植物和 CAM 植物。但 C_3 途径是所有的植物所共有的、碳同化的主要形式，其固定 CO_2 的酶是 RuBPCase，既可在叶绿体内合成淀粉，也可通过叶绿体被膜上的运转器，以丙糖磷酸形式运出叶绿体，在细胞质中合成蔗糖。C_4 途径和 CAM 途径都不过是 CO_2 固定方式不同，最后都要在植物体内再次把 CO_2 释放出来，参与 C_3 途径合成淀粉等。C_4 途径和 CAM 途径固定 CO_2 的酶都是 PEPCase，其对 CO_2 的亲和力大于 RuBPCase，C_4 途径起着 CO_2 泵的作用；CAM 途径的特点是夜间气孔开放，吸收并固定 CO_2 形成苹果酸，昼间气孔关闭，利用夜间形成的苹果酸脱羧所释放的 CO_2，通过 C_3 途径形成糖。这是在长期进化过程中形成的适应性。

第4章 植物的繁殖

一、练习题

（一）填空题

1. _____是通过两性细胞的结合形成为新个体的一种繁殖方式。
2. 花药是形成_____的场所，它是由雄蕊原基的顶端发育而来的。
3. 心皮是一个变态的_____，是构成雌蕊的基本单位。
4. 被子植物的双受精是指一个精核与_____融合，形成二倍体的合子；另一个精核与两个_____融合，产生三倍体的胚乳核。
5. 依据传粉媒介的不同，可以把植物的传粉方式分为生物传粉和_____两大类，前者包括昆虫传粉和_____；后者则包括_____和水媒两种类型。
6. 一朵完整的花由_____、_____、_____、_____、_____五个部分组成。
7. 杨、柳的花既没有花萼，也没有花冠，被称为_____。
8. 雌蕊通常由_____、_____、_____三部分组成。
9. 果实是由_____发育形成的，果实由_____和_____组成。
10. 一般来说，植物开始抽薹或形成花芽后，即代表由营养生长转入了_____。
11. 植物的传粉有自花传粉和_____两种方式。
12. 在受精卵发育成胚的同时，_____也发育成种皮。
13. 花是被子植物_____的主要器官。
14. 被子植物花粉粒中的一对精子分别与卵和_____相结合的现象，称为双受精。
15. 一朵花的花粉落在另一朵花的柱头上的过程称_____。
16. 被子植物花粉粒中的一对精子分别与卵和中央细胞极核相结合的现象，称为_____。
17. 被子植物受精后，胚珠发育成种子，子房发育成_____。
18. 离生雌蕊的每一枚雌蕊形成一小果，这样一朵花内有多枚小果聚合在一起，称_____。
19. 梨果为子房下位的花所形成，在形成果实时，_____部分膨大成为可食的部分。
20. 植物的_____是植物营养体的一部分与母体分开或不分开直接形成新个体的繁殖方式。
21. 植物从生长发育的某一阶段开始，经一系列生长发育过程，产生下一代后又重现了该阶段的现象，称为_____。
22. 多数被子植物的多朵花按一定规律排列在一总花柄上，称为_____。

23. 无融合生殖是植物不经受精即可得到种子的自然现象，包括_____和未减数胚囊的无融合生殖以及不定胚的生殖。

24. 种子中的胚是由_____发育而成。

25. 由整个花序一同发育形成的果实，称_____。

26. 冬瓜的可食部分为果皮，在西瓜中可食部分主要为肉质化的_____。

27. 所谓临界日长，对于短日植物来说，是指引起植物开花的_____。

28. _____是通过两性细胞的结合形成为新个体的一种繁殖方式。

29. 风媒植物在形态结构上也表现出对_____的种种适应，因而，亨利·霍恩曾将它们称之为"狡猾的绿色战略家"。

30. 严格异花传粉的植物对异花传粉往往有特殊的适应机制，如_____、自交不亲和、雌雄蕊异熟就是常见的几种适应方式。

31. _____具有真正的花，具有双受精现象。

32. 严格异花传粉的植物对异花传粉往往有特殊的适应机制，如_____、自交不亲和、雌雄蕊异熟就是常见的几种适应方式。

（二）单项选择题

1. 植物学家将_____称为"狡猾的绿色战略家"、"机敏的环境生物物理学家"。

　　A. 虫媒植物　　　　B. 风媒植物　　　　C. 水媒植物　　　　D. 鸟媒植物

2. _____是指雄蕊的花粉落到同一朵花的雌蕊的柱头上的现象。

　　A. 自花传粉　　　　B. 异花传粉　　　　C. 虫媒传粉　　　　D. 风媒传粉

3. 植物学家将具有较大而显著的花被，花粉粒外壁具有雕纹或具有黏性，有时则形成花粉块，常散发出芳香气味的花称为_____。

　　A. 虫媒花　　　　B. 风媒花　　　　C. 水媒花　　　　D. 鸟媒花

4. 花粉表面花粉壁薄弱的区域叫做_____。

　　A. 纹孔　　　　B. 萌发孔　　　　C. 珠孔_____　　D. 种孔

5. 下图是几种胎座类型，_____是中轴胎座式。

子房纵切

子房横切

A　　　　B　　　　C　　　　D

6. 苍耳等植物的果实或种子的表面生有刺毛倒钩刺或黏液，它们_____。

　　A. 适应人或动物的传播　　　　B. 适应风力的传播

　　C. 以果实自身的机械力量散布种子　　　　D. 适应水力的传播

7. 下列植物类群中，_____是孢子植物。

　　A. 裸子植物　　　　B. 蕨类植物　　　　C. 被子植物　　　　D. 双子叶植物

8. 下列植物类群中，_____不是裸子植物。

　　　A. 苏铁纲　　　　　　B. 银杏纲　　　　　　C. 松杉纲　　　　　　D. 单子叶植物纲

9. 下列植物中，_____不是兰科植物。

　　　A. 卡特兰　　　　　　B. 蝴蝶兰　　　　　　C. 君子兰　　　　　　D. 石斛

10. 下列叙述中，_____不是被子植物的主要特征。

　　　A. 具有真正的花　　　B. 具有多胚现象　　　C. 具有双受精现象　　D. 具有雌蕊，形成果实

11. _____是花梗顶端略膨大、着生花的其他部分的结构。

　　　A. 花柄　　　　　　　B. 花托　　　　　　　C. 花萼　　　　　　　D. 花冠

12. 油菜的花序是_____。

　　　A. 柔荑花序　　　　　B. 穗状花序　　　　　C. 总状花序　　　　　D. 肉穗花序

13. 菜豆种子是_____。

　　　A. 单子叶有胚乳种子　　　　　　B. 双子叶有胚乳种子

　　　C. 单子叶无胚乳种子　　　　　　D. 双子叶无胚乳种子

14. 无花果的花序是_____。

　　　A. 头状花序　　　　　B. 伞房花序　　　　　C. 隐头花序　　　　　D. 伞形花序

15. _____是胚珠中最重要的部分，位于珠被内的薄壁组织，其中产生大孢子，进一步发育成胚囊。

　　　A. 珠柄　　　　　　　B. 珠心　　　　　　　C. 珠孔　　　　　　　D. 合点

16. 向日葵的果实成熟后，果皮不开裂，是一种闭果，叫做_____。

　　　A. 翅果　　　　　　　B. 颖果　　　　　　　C. 瘦果　　　　　　　D. 坚果

17. _____主要进行分球繁殖。

　　　A. 蕨类植物　　　　　B. 球根植物　　　　　C. 多肉植物　　　　　D. 仙人掌类

（三）多项选择题

1. 成熟的种子由_____和种皮组成。

　　　A. 胚　　　　B. 胚根　　　　C. 胚芽　　　　D. 胚珠　　　　E. 胚乳

2. 桑、凤梨等的果实叫做_____，是由一个花序发育形成的。

　　　A. 真果　　　B. 假果　　　　C. 聚花果　　　D. 聚合果　　　E. 单果

3. 胚珠是花的重要组成部分，它由_____等几部分组成。

　　　A. 珠柄　　　B. 珠心　　　　C. 珠被　　　　D. 珠孔　　　　E. 珠芽

4. 莲、草莓等的果实是由一朵花中的多数离生雌蕊发育成的，属于_____。

　　　A. 真果　　　B. 假果　　　　C. 聚花果　　　D. 聚合果　　　E. 单果

5. 虫媒花常具有_____等特征。

　　　A. 较大而显著的花被　　　　　　B. 花粉粒外壁具有雕纹或具黏性

　　　C. 常产生大量的花粉　　　　　　D. 常散发出芳香气味　　　E. 常有特殊的紫外光反射光谱

6. 成熟的胚包括_____几部分。

　　　A. 胚珠　　　B. 胚芽　　　　C. 胚根　　　　D. 胚轴　　　　E. 子叶

7. 一朵完整的花由_____几个部分组成。

　　　A. 花梗　　　B. 花托　　　　C. 花被　　　　D. 雄蕊群　　　E. 雌蕊群

8. 大孢子发生及雌胚子体发育主要在胚珠中进行。胚珠由＿＿＿＿＿＿性等几部分组成。

    A. 珠柄   B. 珠心   C. 珠被   D. 珠孔   E. 柱头

9. 成熟的种子由＿＿＿＿＿＿等几部分组成。

    A. 胚   B. 胚芽   C. 胚根   D. 胚乳   E. 种皮

10. 苹果的果实是＿＿＿＿＿＿。

    A. 真果   B. 假果   C. 单果   D. 复果   E. 聚合果

11. 被子植物的双受精是指两个精核分别与＿＿＿＿＿＿融合，形成二倍体的合子和三倍体的胚乳的过程。

    A. 细胞核   B. 卵核   C. 极核   D. 核仁   E. 拟核

12. 八角、莲、草莓等的果实属于＿＿＿＿＿＿，是由一朵花中的多数离生雌蕊发育形成的。

    A. 复果   B. 假果   C. 真果   D. 聚合果   E. 聚花果

13. 下列语句中，＿＿＿＿＿＿是关于心皮的叙述。

    A. 是组成雌蕊的单位   B. 是具有生殖作用的变态叶

    C. 是节间极度宿短的不分支的变态茎   D. 是雌蕊基部膨大的部分

    E. 是连接柱头和子房的部分

14. 胡萝卜的花序是＿＿＿＿＿＿。

    A. 无限花序   B. 有限花序   C. 伞形花序   D. 复伞形花序   E. 伞房花序

15. 在下列关于胚囊的叙述中，正确的是＿＿＿＿＿＿。

    A. 是由大孢子发育形成   B. 是被子植物的雌配子体

    C. 能产生雌配子——卵   D. 胚囊中的极核在受精前都是 2 倍数的

    E. 成熟胚囊具有 7 个细胞 8 个核

16. 下列叙述中，＿＿＿＿＿＿是适应风媒传粉的特征。

    A. 花多密集成穗状花序、柔荑花序等，可产生大量的花粉

    B. 花粉粒体积小，质量小，较干燥，表面多较光滑

    C. 雄蕊花丝细长，开花时花药伸出花外

    D. 雌蕊柱头较长，呈羽毛等形状   E. 花被不显著或不存在

17. 葡萄、番茄和柿子等都属于＿＿＿＿＿＿。

    A. 肉果   B. 干果   C. 柑果   D. 浆果   E. 核果

18. 大豆、豌豆等的果实都属于＿＿＿＿＿＿。

    A. 肉果   B. 干果   C. 裂果   D. 闭果   E. 荚果

19. 桑、菠萝、无花果等的果实属于＿＿＿＿＿＿。

    A. 真果   B. 假果   C. 聚花果   D. 聚合果   E. 单果

20. 唐菖蒲的花序是＿＿＿＿＿＿。

    A. 无限花序   B. 有限花序   C. 单歧聚伞花序   D. 二歧聚伞花序   E. 多歧聚伞花序

21. 下列词语中，＿＿＿＿＿＿是花药壁的组成结构。

    A. 表皮   B. 药室内壁   C. 中层   D. 绒毡层   E. 形成层

22. 下列关于花粉的叙述中，正确的是＿＿＿＿＿＿。

    A. 是被子植物的雄配子体

B. 是被子植物产生精子并运载雄配子进入雌蕊的胚囊中，以实现双受精的载体

C. 表面具有萌发孔

D. 是由花药原始体中孢原细胞进行平周分裂形成的

E. 花粉表面的形态有多种变化

23. 下列细胞中，_____是成熟胚囊的结构成分。

   A. 中央细胞　　B. 营养细胞　　C. 反足细胞　　D. 卵细胞　　　E. 助细胞

24. 严格异花传粉的植物对异花传粉往往有特殊的适应机制，如_____就是常见的几种适应方式。

   A. 单性花　　　B. 雌雄蕊异熟　　C. 自交不亲和　　D. 先叶开花　　　E. 花被不显著

25. 下列短语中，_____是关于胚的描述。

   A. 由合子发育而成　　　　　　B. 是新一代植物孢子体的幼体

   C. 所有的高等植物都有　　　　D. 包被在种子植物的种子中

   E. 第一次分裂一般是横分裂

26. 下列叙述中，_____是适应风媒传粉的特征。

   A. 花多密集成穗状花序、柔荑花序等，可产生大量的花粉

   B. 花粉粒体积小，质量小，较干燥，表面多较光滑

   C. 雄蕊花丝细长，开花时花药伸出花外

   D. 雌蕊柱头较长，呈羽毛等形状

   E. 花被不显著或不存在

27. 虫媒花的传粉方式是_____。

   A. 生物传粉　　　B. 非生物传粉　　C. 昆虫传粉　　　D. 脊椎动物传粉　　E. 风媒传粉

28. 合点（chalaza）是珠心基部，_____连合的部位。

   A. 珠被　　　　　B. 珠心　　　　　C. 珠柄　　　　　D. 珠孔　　　　　E. 胚珠

29. 下列特征中，_____是植物对异花传粉的适应。

   A. 单性花（unisexual flower）　　　　B. 雌雄异熟（dichogamy）

   C. 雌雄蕊异长（heterogony）　　　　 D. 雌雄蕊异位（herkogamy）

   E. 自花不孕（self-sterility）

（四）名词解释

1. 伞房花序　2. 珠孔受精　3. 合点受精　4. 有限花序　5. 有性生殖　6. 世代交替

7. 不完全花　8. 绒毡层　9. 心皮　　10. 胎座　　11. 双受精

（五）判断题

1. 菠萝是由一朵花发育而成的聚合果。　　　　　　　　　　　　　　　　　　　（　　）

2. 有限花序的最顶点或最中间的花先开，以后开花顺序渐及下边或周围。有限花序又称离心花序或聚伞类花序。　　　　　　　　　　　　　　　　　　　　　　　　　（　　）

3. 荔枝属于无患子科植物。　　　　　　　　　　　　　　　　　　　　　　　　（　　）

4. 心皮是构成雌蕊的基本单位，是适应生殖的变态叶。　　　　　　　　　　　　（　　）

5. 杨柳的柔荑花序和玉米的肉穗花序由一个共同特点，就是花序轴上着生无柄的单性花。

   　　　　　　　　　　　　　　　　　　　　　　　　　　　　　　　　　　　（　　）

6. 进行自花传粉的花一般都是两性花，而进行异花传粉的花一定是单性花。　　　（　　）

7. 当花药成熟时，花药壁由表皮层和药室内壁构成，中层和绒毡层消失。　　　（　　）

8. 通常大孢子母细胞衍生的四个大孢子中只有珠孔端的一个发育为胚囊。　　（　　）

9. 闭花传粉属于自花传粉，开花传粉一定是异花传粉。　　　　　　　　　（　　）

10. 真果的果实由果皮和种子构成。　　　　　　　　　　　　　　　　　（　　）

11. 龙眼和荔枝的肉质可食部分是它的果实。　　　　　　　　　　　　　（　　）

12. 被子植物的配子体极为退化不能独立生活。　　　　　　　　　　　　（　　）

13. 真果的果皮单纯由子房壁发育而来。而假果的果皮是有花被或花托等参与发育而来。

　　　　　　　　　　　　　　　　　　　　　　　　　　　　　　　　（　　）

（六）问答题

1. 什么是种子植物的营养器官？什么是种子植物的生殖器官？被子植物的有性生殖有何特点？

2. 试述嫁接的意义和作用。

（七）识图题

请根据下图说明蓼型胚囊的发育过程。

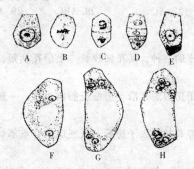

二、习题参考答案

（一）填空题

1. 有性生殖

2. 花粉粒

3. 叶

4. 卵核，极核

5. 非生物传粉，脊椎动物传粉，风媒

6. 花梗、花萼、花冠、雄蕊群、雌蕊群

7. 无被花　8. 花柱、柱头、子房

9. 子房、果皮、种

10. 生殖生长

11. 异花传粉

12. 珠被

13. 繁殖

14. 中央细胞极核

15. 异花受粉

16. 双受精

17. 果实

18. 聚合果

19. 花托

20. 营养繁殖

21. 生活史

22. 花序　　　　　　　　　　　23. 减数胚囊的无融合生殖
24. 合子（受精卵）　　　　　　25. 聚花果
26. 胎座　　　　　　　　　　　27. 最大日长
28. 有性生殖　　　　　　　　　29. 风媒传粉
30. 单性花　　　　　　　　　　31. 被子植物
32. 单性花

（二）单项选择题

1. B　　2. A　　3. A　　4. B　　5. C　　6. A　　7. B　　8. D　　9. C
10. B　　11. B　　12. C　　13. D　　14. C　　15. B　　16. C　　17. B

（三）多项选择题

1. AE　　　2. BC　　　3. ABCD　　4. BD　　5. ABDE　　6. BCDE
7. ABCDE　8. ABCD　9. ADE　　10. BC　　11. BC　　12. ABD
13. AB　　14. AD　　15. ABCE　16. ABCDE　17. AD　　18. BCE
19. BC　　20. BC　　21. ABCD　22. ABCE　23. ACDE　24. ABC
25. ABCD　26. ABCDE　27. AC　　28. ABC　　29. ABCDE

（四）名词解释

1. 答：伞房花序是无限花序的一种，其花轴较长，上层花柄短，下层花柄长，各花排列在同一个平面上。

2. 答：花粉管经花柱进入子房后通常沿子房壁或胎座生长，一般从胚珠的珠孔进入胚珠，这种方式称珠孔受精。

3. 答：一些植物的花粉管经花柱进入子房后，从胚珠的合点部位进入胚珠，这种方式称为合点受精。

4. 答：有限花序也称聚伞花序，其花轴顶端的花先开放，花轴顶端不再向上产生新的花芽，而是由顶花下部分化形成新的花芽，其开放顺序是从上到下或从内向外。

5. 答：有性生殖是指通过两性细胞的结合形成新个体的过程。

6. 答：在植物生活史中，二倍体的孢子体世代与单倍体的配子体世代有规律地相互更替的现象，就是世代交替。

7. 答：一朵完整的花包括花柄、花托、花被、雄蕊群和雌蕊群等五部分。缺少其中一部分的花称不完全花。

8. 答：绒毡层是花药最里面的一层细胞，其细胞大，胞质浓厚，富含 RNA、蛋白质、油脂、类胡萝卜素等。绒毡层对花粉粒发育有重要作用，给发育中的花粉粒提供营养；分泌胼胝质酶；合成孢粉素；合成外壁蛋白；提供花粉壁外脂类物质等。

9. 答：心皮是变态的叶，是构成雌蕊的单位。

10. 答：胚珠在子房内着生的部位，称为胎座。由于心皮数目以及心皮联结情况的不同，形成了不同的胎座类型。

11. 答：被子植物花粉粒中的一对精子进入胚囊后，分别与卵细胞和中央细胞结合的过程叫做双受精。

（五）判断题

1. 错	2. 对	3. 对	4. 对	5. 对	6. 错	7. 对
8. 错	9. 错	10. 对	11. 错	12. 对	13. 对	

（六）问答题

1. 什么是种子植物的营养器官？什么是种子植物的生殖器官？被子植物的有性生殖有何特点？

答：（1）种子植物的营养器官有：根、茎、叶；（2）种子植物的生殖器官有：花、果实、种子；（3）双受精。花粉粒萌发产生花粉管，花粉管通过花柱到达子房，进入胚囊，两个精细胞被释放出来后，一个与卵细胞融合，形成二倍体的合子；另一个与两个极核融合，产生三倍体的胚乳核。

2. 试述嫁接的意义和作用。

答：（1）可提早开花，促进或抑制生长，乔化或矮化。（2）可保持接穗的优良品质。（3）品种复壮，枝条损伤个体的补充繁殖方法。（4）提高耐寒、耐旱、抗病虫害的能力。（5）克服不易结实、不易扦插等现象。

（七）识图题

答：此图是蓼型胚囊的发育过程图解。大孢子母细胞减数分裂后形成4个大孢子，呈直线排列，其中合点端的1个细胞发育，体积增大，其余3个都退化。这个增大的大孢子是胚囊的第一个细胞，也称单核胚囊。大孢子增大到一定程度时，细胞核有丝分裂3次，不发生细胞质分裂，经2核、4核与核阶段，然后产生细胞壁，发育成为成熟胚囊。

第5章 植物的类群

一、练习题

（一）填空题

1. 种子植物与其他类群植物相比，在形态结构上有两个最主要的区别，一是_____，二是_____。

2. 裸子植物是介于_____和被子植物之间的一个类群，裸子植物没有真正的_____，仍以孢子叶球作为主要的繁殖器官，并保留了_____的构造。

3. 裸子植物和被子植物一个很重要的区别就是裸子植物没有_____。

4. 裸子植物的种子是由三个世代的产物组成的，胚是_____，胚乳是_____，种皮是_____。

5. 原核植物、藻类植物等结构较简单，没有根、茎、叶的分化，通常称为_____。

6. 真核藻类植物从单细胞个体发展到_____，再向多细胞方向发展。

7. 常用的植物分类等级包括_____，_____，_____，_____，_____，_____。_____是最基本的分类阶元。

8. 蕨类植物是以_____世代占优势的植物类群。

9. 蕨类植物是陆生植物中最早分化出_____的植物类群。

10. _____是目前地球上占优势的植物类群，包含的种类也最多。

11. 当前较流行的被子植物分类系统有_____目前多数植物分类学家在分类工作中多采用_____系统。

12. 花粉管的出现，使种子植物的受精过程不再需要_____为媒介。

13. 有性世代和无性世代有规律地交替出现的现象，被称为_____。

14. 细菌和蓝藻都属于_____，它们是植物界中最低等、最简单的类群，也是植物发展史上最早出现的类群。

15. 海带的生活史中有明显的_____，孢子体大，配子体小。

16. 真菌属真核异养生物，真菌的细胞内不含叶绿素，也没有质体，营_____或_____生活。

17. 苔藓植物是高等植物中比较原始的类群，是由_____方式向_____方式的过渡类群之一。

18. 有性世代和_____有规律地交替出现的现象，被称为世代交替。

19. _____是生物分类的基本单位，是形态上相类似的，有潜在杂交能力的同种生物的综合体。

20. 有性世代和无性世代有规律地_____的现象，被称为世代交替。

21. 被子植物是目前地球上占优势的植物类群，包含的种类也＿＿＿＿＿＿＿＿＿。

22. 同一种植物在不同的国家，不同的民族，不同的地区往往有不同的叫法，这种现象称为＿＿＿＿＿＿＿＿＿。

23. 苔藓植物、蕨类植物和种子植物属于＿＿＿＿＿＿＿，大多有根茎叶的分化，并有胚形成。

24. 细菌的细胞壁不含＿＿＿＿＿＿，而主要由含胞壁酸的肽聚糖组成。

25. 蓝藻主要生活在水中，有些种类浮游于水面，特别是在营养丰富的水体中，夏季大量繁殖，积聚水面，形成＿＿＿＿＿＿。

26. 裸子植物没有真正的花，以孢子叶球作为主要的繁殖器官，并保留了＿＿＿＿＿的构造。

27. 被子植物是目前地球上占优势的植物类群，包含的种类也＿＿＿＿＿＿＿＿。

28. 褐藻是藻类中进化地位较高的类群，生活史有明显的＿＿＿＿＿＿＿＿。

29. ＿＿＿＿＿＿＿＿植物的配子体和孢子体皆能独立生活。

30. 海带是人们常食用的海产品，属于＿＿＿＿＿＿＿门。

31. ＿＿＿＿＿＿＿和苔藓、裸子植物统称为颈卵器植物。

32. 莲具有迎骄阳而不惧，＿＿＿＿＿＿＿，濯清涟而不妖的气质。

33. 绞股蓝在民间称作＿＿＿＿＿＿，多用作饮料或治疗老年慢性气管炎，以绞股蓝为原料制成的绞股蓝茶，绞股蓝饮料亦是人体保健佳品。

34. 有句谚语说："识得＿＿＿＿＿＿，敢与蛇共眠。"

35. 石斛是＿＿＿＿＿＿节之花，因其具有秉性刚强、祥和可亲的气质。

36. 在墨西哥，到处可见＿＿＿＿＿＿的足迹，不管是贫瘠的高原，还是在酷热的干旱沙漠，它都能像巨人一样，昂首屹立在大地上。

37. ＿＿＿＿＿具有一种凌霜傲寒的气质，它叶枯不落、花凋不零，是坚贞品格和高尚气节的象征。

38. ＿＿＿＿＿＿＿出世，人不知名，故呼为"木芍药"。

39. ＿＿＿＿＿＿＿，柔枝拱垂，是"雪中四友"之一。每逢岁首、春头，寒风凛冽之时，一簇簇黄灿灿的花密密点缀枝头，十分悦目，可爱，为早春珍贵花木。园林中宜配置于湖边、桥头、墙隅，坡地等处，点缀庭院，亦是制作盆景的好材料。

40. ＿＿＿＿＿＿＿是我国特产，为我国传统的园林花卉。它不但清香，而且枝叶繁茂，冬夏常绿，花期正值中秋、"国庆"佳节，故为古今人民群众所喜爱，有"独占三秋压群芳"的美誉。

41. ＿＿＿＿＿＿＿花雍容华贵、富丽堂皇、素有"国色天香""花中之王"的美称。

42. ＿＿＿＿＿＿＿春、夏很难与百花争艳，但秋残冬寒百草凋零之际，它却以枝青茎黄，绿叶红果而独具风采。是园林中秋季观果花木。

43. ＿＿＿＿＿＿＿是花中皇后、蔷薇三姊妹之一、世界四大切花之一。

44. "芙蓉二妙"是＿＿＿＿＿＿，德在拒霜。

45. "玫瑰花下"在国际上的寓意是＿＿＿＿＿＿＿＿＿。

46. 金樱子是蔷薇科常绿攀援性观赏灌木。果似花瓶，熟时红黄色，拇指头大，密生小刺，顶端有宿存花萼 5 片，果甘甜可食，故又名＿＿＿＿＿＿＿。

47. 赏梅不仅在于其古朴苍劲的枝干，红英绿萼、冷艳寒香的花朵，更在于梅的无所畏惧、冲寒而开的品格。这才真正是赏梅的精要之所在。当大地还在一片萧瑟之中，梅花凌寒而放，独绽异香，报告春天即将来临的消息。这便是"万花敢向雪中出，一树独先天下春"的梅花精神。宋代林和靖的绝句"＿＿＿＿＿＿＿＿＿"道尽了梅之神韵。

48. 蓝藻植物细胞里的原生质体分化为＿＿＿＿＿和＿＿＿＿＿两部分。

49. 石莼有两种植物体，即＿＿＿＿＿和＿＿＿＿＿。

50. 蘑菇有两种菌丝体，即＿＿＿＿＿和＿＿＿＿＿。

51. 现存蕨类植物包括三大类群，即＿＿＿＿＿、＿＿＿＿＿和＿＿＿＿＿。

52. 种子植物与其他类群植物相比，在形态结构上有两个最主要的区别：一是＿＿＿＿＿；二是＿＿＿＿＿。

（二）单项选择题

1. 水绵植物体是由一列细胞构成的不分枝的丝状体，它的载色体呈＿＿＿＿＿。

   A. 厚底杯形　　　　B. 带状　　　　C. 小盘状　　　　D. 片状

2. 海带是我们经常食用的海生植物，它属于＿＿＿＿＿。

   A. 红藻　　　　　　B. 褐藻　　　　C. 绿藻　　　　　D. 蓝藻

3. 下列植物中，＿＿＿＿＿属于苔藓植物。

   A. 地衣　　　　　　B. 地木耳　　　C. 地钱　　　　　D. 地瓜

4. 下列植物中，＿＿＿＿＿是原核植物。

   A. 松　　　　　　　B. 葫芦藓　　　C. 蓝藻　　　　　D. 海带

5. 下列植物中，＿＿＿＿＿的生活史具有同形世代交替现象。

   A. 石莼　　　　　　B. 甘紫菜　　　C. 蘑菇　　　　　D. 地钱

6. ＿＿＿＿＿的孢子体寄生在配子体上，不能独立生活。

   A. 水龙骨　　　　　B. 葫芦藓　　　C. 发网菌　　　　D. 衣藻

7. ＿＿＿＿＿是陆生植物中最早分化出维管系统的植物类群。

   A. 种子植物　　　　B. 被子植物　　C. 蕨类植物　　　D. 苔藓植物

8. 下列植物中，＿＿＿＿＿不是原核植物。

   A. 葡萄球菌　　　　B. 细菌　　　　C. 蓝藻　　　　　D. 海带

9. ＿＿＿＿＿的配子体寄生在孢子体上，不能独立生活。

   A. 水龙骨　　　　　B. 葫芦藓　　　C. 发网菌　　　　D. 柏树

10. ＿＿＿＿＿是最早的陆生植物，还没有分化出维管系统。

    A. 种子植物　　　　B. 被子植物　　C. 蕨类植物　　　D. 苔藓植物

11. 细菌、蓝藻等生物是由＿＿＿＿＿构成的。

    A. 原核细胞　　　　B. 真核细胞　　C. 保卫细胞　　　D. 运动细胞

12. 绝大多数细菌是＿＿＿＿＿的，营腐生、寄生或共生的生活方式。

    A. 自养　　　　　　B. 异养　　　　C. 散养　　　　　D. 圈养

13. 下列植物中，＿＿＿＿＿属于藻类植物。

    A. 石韦　　　　　　B. 石斛　　　　C. 石莼　　　　　D. 石松

14. 海带是人们喜爱的食品，它属于＿＿＿＿＿。

    A. 红藻　　　　　　B. 绿藻　　　　C. 蓝藻　　　　　D. 褐藻

15. 从＿＿＿＿＿开始出现了真正的花，因而又将这类植物称为有花植物。

A. 藻类植物　　　　　B. 菌类植物　　　　C. 苔藓植物　　　　D. 被子植物

16. _____ 是种子植物特有的繁殖器官。

A. 种子　　　　　　　B. 孢子　　　　　　C. 合子　　　　　　D. 配子

17. 蕨类植物的_____萌发形成配子体，又称原叶体。

A. 合子　　　　　　　B. 孢子　　　　　　C. 配子　　　　　　D. 精子

18. 苔藓植物的雌性生殖器官是_____。

A. 精子器　　　　　　B. 颈卵器　　　　　C. 果胞　　　　　　D. 卵囊

19. 衣藻是最常见的单细胞藻类，其载色体为_____。

A. 片状　　　　　　　B. 带状　　　　　　C. 厚底杯形　　　　D. 球形

20. _____ 是兼有动物和植物特性的一类真核生物。

A. 细菌　　　　　　　B. 粘菌　　　　　　C. 真菌　　　　　　D. 放线菌

21. _____ 是最原始的陆生植物。

A. 藻类植物　　　　　B. 菌类植物　　　　C. 蕨类植物　　　　D. 苔藓植物

22. _____ 的孢子体寄生在配子体上，不能独立生活。

A. 葫芦藓　　　　　　B. 水龙骨　　　　　C. 青霉菌_____D. 松树

23. _____ 是最早的陆生植物，还没有分化出维管系统。

A. 裸子植物　　　　　B. 苔藓植物　　　　C. 蕨类植物　　　　D. 藻类植物

24. 下列植物中，_____ 不是真核生物。

A. 地钱　　　　　　　B. 地菜　　　　　　C. 地衣　　　　　　D. 地木耳

25. 下列植物类群中，_____ 不是种子植物。

A. 裸子植物　　　　　B. 蕨类植物　　　　C. 被子植物　　　　D. 双子叶植物

26. 下列植物类群中，_____ 不是裸子植物。

A. 苔纲　　　　　　　B. 银杏纲　　　　　C. 松杉纲　　　　　D. 苏铁纲

27. 紫菜是我们经常食用的海生植物，它属于_____。

A. 褐藻　　　　　　　B. 红藻　　　　　　C. 绿藻　　　　　　D. 蓝藻

28. 下列植物中，_____ 属于苔藓植物。

A. 地钱　　　　　　　B. 地木耳　　　　　C. 地衣　　　　　　D. 地菜

29. 下列植物中，_____ 是原核生物。

A. 绿藻　　　　　　　B. 原绿藻　　　　　C. 硅藻　　　　　　D. 轮藻

30. 双名法是由瑞典植物分类学大师_____创立的。

A. 林奈　　　　　　　B. 达尔文　　　　　C. 拉马克　　　　　D. 布丰

31. 下列植物类群中，_____ 是孢子植物。

A. 裸子植物　　　　　B. 蕨类植物　　　　C. 被子植物　　　　D. 双子叶植物

32. 下列植物类群中，_____ 不是裸子植物。

A. 苏铁纲　　　　　　B. 银杏纲　　　　　C. 松杉纲　　　　　D. 单子叶植物纲

33. 下列植物中，_____ 是藻类植物。

A. 水仙　　　　　　　B. 水绵　　　　　　C. 水浮连　　　　　D. 水花生

34. 下列植物中，_____属于藻类植物。

　　　　A. 白菜　　　　　　　　B. 青菜　　　　　　　　C. 紫菜　　　　　　　　D. 红菜薹

35.　＿＿＿＿＿＿＿＿＿是目前地球上最繁盛的类群，植物体结构也最为复杂。

　　　　A. 苔藓植物　　　　　　B. 蕨类植物　　　　　　C. 裸子植物　　　　　　D. 被子植物

36. 下列植物类群中，＿＿＿＿＿＿＿＿＿不是孢子植物。

　　　　A. 藻类植物　　　　　　B. 蕨类植物　　　　　　C. 菌类植物　　　　　　D. 双子叶植物

37. 下列植物类群中，＿＿＿＿＿＿＿＿＿属于裸子植物。

　　　　A. 苔纲　　　　　　　　B. 银杏纲　　　　　　　C. 藓纲　　　　　　　　D. 单子叶植物纲

38. 植物分类的基本单位是＿＿＿＿＿＿＿＿＿。

　　　　A. 变种　　　　　　　　B. 品种　　　　　　　　C. 种　　　　　　　　　D. 亚种

39. 人们常食用的普通念珠藻、发状念珠藻（俗称发菜）和螺旋藻都属于＿＿＿＿＿＿＿＿＿。

　　　　A. 红藻　　　　　　　　B. 蓝藻　　　　　　　　C. 绿藻　　　　　　　　D. 褐藻

40. 水绵每个细胞内有一条或数条＿＿＿＿＿＿＿＿＿叶绿体螺旋绕于原生质体外围大多数种子植物
侧根？

　　　　A. 带状　　　　　　　　B. 杯状　　　　　　　　C. 星状　　　　　　　　D. 条状

41. 科学家认为高等植物起源于绿藻，因为绿藻所含的色素＿＿＿＿＿＿＿＿＿，以及叶黄素和胡萝
卜素等与高等植物相似。

　　　　A. 叶绿素 a、b　　　　B. 叶绿素 a、c　　　C. 叶绿素 a、d　　　D. 叶绿素 c、d

42. 下列植物类群中，＿＿＿＿＿＿＿＿＿不是有胚植物。

　　　　A. 藻类植物　　　　　　B. 蕨类植物　　　　　　C. 苔藓植物　　　　　　D. 双子叶植物

43. 下列植物类群中，＿＿＿＿＿＿＿＿＿不属于颈卵器植物。

　　　　A. 苔纲　　　　　　　　B. 银杏纲　　　　　　　C. 藓纲　　　　　　　　D. 单子叶植物纲

44. 由胚根生长出来的根是植物个体发育中最早出现的根，称为＿＿＿＿＿＿＿＿＿。

　　　　A. 主根　　　　　　　　B. 侧根　　　　　　　　C. 不定根　　　　　　　D. 支柱根

45. 玫瑰、康乃馨、唐菖蒲和＿＿＿＿＿＿＿＿＿一起并称为世界"四大切花"。

　　　　A. 菊花　　　　　　　　B. 雏菊　　　　　　　　C. 非洲菊　　　　　　　D. 万寿菊

46.　＿＿＿＿＿＿＿＿＿原为森林中植物，喜弱光，稍耐荫蔽，忌长期烈日直射。喜温暖湿润气候，
忌干燥，较耐寒冷，亦耐暑热，但忌严寒干风。喜肥沃湿润，排水良好的森林土或砂质壤土，不
耐干旱贫瘠地。生长快速，萌生力强。

　　　　A. 大花马齿苋　　　　　B. 昙花　　　　　　　　C. 月见草　　　　　　　D. 常春藤

47. 下列植物中，＿＿＿＿＿＿＿＿＿不是灌木。

　　　　A. 杜鹃　　　　　　　　B. 夹竹桃　　　　　　　C. 雪松　　　　　　　　D. 玫瑰

48.　＿＿＿＿＿＿＿＿＿不是河南四大名花。

　　　　A. 洛阳牡丹　　　　　　B. 广陵芍药　　　　　　C. 开封菊花　　　　　　D. 鄢陵腊梅

49. 植物界的大熊猫是指＿＿＿＿＿＿＿＿＿。

　　　　A. 金花茶　　　　　　　B. 金银花　　　　　　　C. 金橘　　　　　　　　D. 玉叶金花

50. "岁寒然后知松柏之不凋也，丽紫妖红，争春而取宠，然后知之韵胜也。"是指
＿＿＿＿＿＿＿＿＿。

　　　　A. 石竹　　　　　　　　B. 山茶　　　　　　　　C. 君子兰　　　　　　　D. 杜鹃

51. 下列植物中，_____不是园林三宝。

　　A. 树中银杏　　　　B. 花中牡丹　　　C. 果中石榴　　　　D. 草中兰惠

52. 白居易的"闲折两枝持在手，细看不是人间有。花中此物是西施，芙蓉芍药皆嫫母。"这首诗中"西施"指的是_____。

　　A. 天竺葵　　　　　B. 杜鹃　　　　　C. 玫瑰　　　　　　D. 君子兰

53. _____多姿多彩，争芳斗艳，芳香宜人，被人们称为爱情之花，是人际交往中最常用的礼仪之花。

　　A. 香石竹　　　　　B. 紫罗兰　　　　C. 玫瑰　　　　　　D. 莲

54. _____是中国十大名花之一，因其古朴的树姿，素雅秀丽的花姿花色，清而不浊的花香而深受广大人民的喜爱；又因其树性强健，能耐霜雪，寿命极长，常被借喻为意志坚强具有高尚气节和革命乐观主义精神的志士和革命者，用于布置庭院，与松、竹并植，誉为"岁寒三友"。

　　A. 山茶　　　　　　B. 兰　　　　　　C. 菊　　　　　　　D. 梅

55. _____夏日绿树葱茏，入秋红叶如醉，景色壮丽，为传统的观叶树种。每当"万山红遍，层林尽染"之际，颇能引人入胜。很适于林旁、森林公园、名胜古迹、水滨、公园等处种植，亦为青山绿化及水源林营造的重要树种。

　　A. 松柏　　　　　　B. 枸杞　　　　　C. 枫香　　　　　　D. 胡杨

56. 桂花属于下列哪科代表植物_____。

　　A. 木樨科　　　　　B. 玄参科　　　　C. 蔷薇科　　　　　D. 大戟科

57. 颈卵器植物有_____。

　　A. 蕨类、裸子植物、被子植物　　　　　　B. 地衣、苔藓、裸子植物

　　C. 蕨类、苔藓、裸子植物　　　　　　　　D. 蕨类、苔藓、地衣

58. 《国际植物命名法规》规定学名为_____。

　　A. 属名 + 种加词 + 姓氏或姓名缩写　　　B. 属名 + 种加词 + 品种名

　　C. 科名 + 属名 + 种名　　　　　　　　　D. 种加词 + 品种名 + 姓氏或姓名缩写

59. 下列属于高等植物的是_____。

　　A. 地衣、蕨类、裸子植物、被子植物　　　B. 真菌、苔藓、蕨类、被子植物

　　C. 真核藻类、蕨类、裸子植物、被子植物　D. 苔藓、蕨类、裸子植物、被子植物

（三）多项选择题

1. 下列植物中，_____属于高等植物。

　　A. 种子植物　　B. 蕨类植物　　C. 苔藓植物　　D. 藻类植物　　E. 原核植物

2. 下列植物中，_____不属于高等植物。

　　A. 维管植物　　B. 裸子植物　　C. 苔藓植物　　D. 藻类植物　　E. 原核植物

3. 下列植物中，_____的生活史具有异形世代交替现象。

　　A. 石莼　　　　B. 甘紫菜　　　C. 蘑菇　　　　D. 地钱　　　　E. 松树

4. 下列植物类群中，_____是维管植物。

　　A. 藻类植物　　B. 菌类植物　　C. 苔藓植物　　D. 蕨类植物　　E. 裸子植物

5. 下列植物中，_____属于高等植物。

A. 维管植物　　　B. 裸子植物　　　C. 苔藓植物　　　D. 藻类植物　　　E. 颈卵器植物

6. 下列植物中，_____的生活史具有同形世代交替现象。

　　A. 石莼　　　　B. 甘紫菜　　　　C. 蘑菇　　　　D. 地钱　　　　E. 松树

7. 下列系统中，_____是当前较为流行的被子植物的分类系统。

　　A. 恩格勒系统　　B. 哈钦松系统　　C. 二界系统　　D. 三界系统　　　E. 克朗奎斯特系统

8. 植物多样性包括_____。

　　A. 植物种类的多样性　　　　　B. 植物生态地理分布式样的多样性

　　C. 遗传多样性　　　　　　　　D. 生殖方式的多样性

　　E. 植物生存环境的多样性

9. 下列系统中，_____是当前较为流行的被子植物的分类系统。

　　A. 恩格勒系统　　　　　　　　B. 哈钦松系统

　　C. 二界系统　　　　　　　　　D. 三界系统

　　E. 克朗奎斯特系统

10. 裸子植物属于种子植物，_____是其在形态结构上的最主要的进化特点。

　　A. 种子的形　　　　　　　　　B. 孢子的产生

　　C. 配子的形成　　　　　　　　D. 合子的形成

　　E. 在受精过程中产生了花粉管

11. 蕨类植物门属于_____。

　　A. 孢子植物　　　B. 低等植物　　　C. 高等植物　　　D. 非维管植物　　　E. 维管植物

12. 鸡冠花是_____。

　　A. 秋播植物　　　B. 春播植物　　　C. 二年生植物　　　D. 一年生植物　　　E. 阳性植物

13. 菊花适应性强，不畏霜寒；秀丽多姿，赏心悦目；自古以来被看做中华民族精神的象征，它与_____并称为"四君子"。

　　A. 梅花　　　　B. 兰花　　　　C. 竹　　　　D. 腊梅　　　　E. 香石竹

14. 蜀葵是六月月花、端午节节花，_____是它的别名。

　　A. 一丈红　　　B. 忘忧　　　　C. 节节高　　　D. 龙船花　　　　E. 僧帽花

15. 石斛因其具有秉性刚强、祥和可亲的气质，被称为父亲节之花。它与_____并称世界四大兰花。

　　A. 卡特兰　　　B. 蝴蝶兰　　　C. 万代兰　　　D. 寒兰　　　　E. 君子兰

16. 瓜叶菊是_____。

　　A. 秋播植物　　　B. 春播植物　　　C. 二年生植物　　　D. 一年生植物　　　E. 阳性植物

17. 兰花的主要观赏部位是_____。

　　A. 穗状花序　　　B. 总苞　　　C. 肉质叶片　　　D. 羽状苞片　　　E. 花瓣

18. "岁寒三友"是_____。

　　A. 松　　　　　B. 菊花　　　　C. 竹　　　　D. 腊梅　　　　E. 梅

19. 在下列雅称中，_____是指水仙。

　　A. 凌波第一花　　B. 远客　　　C. 人间第一香　　D. 天下第一香　　　E. 江南第一香

20. "花草四雅"是指_____。

A. 兰　　　　　B. 蒲草　　　　C. 菊　　　　D. 山茶　　　　E. 水仙

（四）名词解释

1. 世代交替　2. 物种　3. 孢子体　4. 原核植物　5. 生活史　6. 异形世代交替　7. 异行胞
8. 同配生殖　9. 担子　10. 颈卵器　11. 异型叶　12. 珠鳞　13. 假花学说

（五）判断题

1. 在生活史中二倍体的孢子体世代与单倍体的配子体世代互相更替的现象，称为核相交替。
　　　　　　　　　　　　　　　　　　　　　　　　　　　　　　　　　　　　（　　）

2. 细菌和蓝藻都属于原核生物，它们是植物界最低等和最简单的类群，也是植物发展史上最早出现的类群。　　　　　　　　　　　　　　　　　　　　　　　　　　　　　　（　　）

3. 裸子植物是目前地球上占优势的植物类群，包含的种类也最多。　　　　　　　　（　　）

4. 苔藓植物是高等植物中比较原始的类群，是由水生生活方式向陆生生活方式的过渡类群之一。　　　　　　　　　　　　　　　　　　　　　　　　　　　　　　　　　　　（　　）

5. 高等植物包括种子植物，如裸子植物和被子植物。　　　　　　　　　　　　　　（　　）

6. 苔藓植物生活史中具有明显的世代交替，并以孢子体世代占优势。　　　　　　　（　　）

7. 高等植物就是种子植物，包括裸子植物和被子植物。　　　　　　　　　　　　　（　　）

8. 蕨类植物是以配子体世代占优势的植物类群。　　　　　　　　　　　　　　　　（　　）

9. 苔藓植物的配子体占优势，孢子体不能独立生活。　　　　　　　　　　　　　　（　　）

10. 种子植物形成花粉管，受精作用不再受水的限制。　　　　　　　　　　　　　　（　　）

11. 被子植物具有雌蕊，形成果实。　　　　　　　　　　　　　　　　　　　　　　（　　）

12. 莲是中国十大名花之一，它花叶雅丽、清香四溢、沁人肺腑、清波翠盖、赏心悦目。具有迎骄阳而不惧，出污泥而不染，濯清涟而不妖的气质。　　　　　　　　　　　　　　（　　）

13. 金银花夏季开花，花成对腋生，苞片叶状；萼筒无毛；花冠长管状，两花并列，一花先开，为白色，具香气，称为银花，另一花后开，为黄色，又称金花。这样一先一后，相继开放，花色也就一白一黄，彼此交替，宛如金银并列，故有金银花之名。　　　　　　　　　　（　　）

14. 常春藤原为森林中植物，喜弱光，稍耐荫蔽，忌长期烈日直射。喜温暖湿润气候，忌干燥，较耐寒冷，亦耐暑热，但忌严寒干风。　　　　　　　　　　　　　　　　　　（　　）

15. 栀子花大，单生于枝顶或腋间，花瓣肉质，白色，具浓香；花冠高脚碟状，深裂为 6 瓣，未开放时卷曲。是"盛夏三白"之一。　　　　　　　　　　　　　　　　　　　　　（　　）

16. 扶桑喜光，属强阳性植物，阴处不能生长。喜温暖湿润气候，不耐寒，气温在 30℃ 以上开花繁茂，在 2～5℃ 低温时落叶。不择土壤，但在肥沃而排水良好的土壤中开花硕大。（　　）

17. 迎春、连翘、桂花都是木樨科落叶观赏灌木，每逢岁首、春头，寒风凛冽之时，一簇簇黄灿灿的花密密点缀枝头，十分悦目，可爱，为早春珍贵花木。　　　　　　　　　（　　）

18. 枫香，夏日绿树葱茏，入秋红叶如醉，景色壮丽，为传统的观叶树种。每当"万山红遍，层林尽染"之际，颇能引人入胜。很适于林旁、森林公园、名胜古迹、水滨、公园等处种植，亦为青山绿化及水源林营造的重要树种。　　　　　　　　　　　　　　　　　　　　（　　）

19. 枸杞春、夏很难与百花争艳，但秋残冬寒百草凋零之际，它却以枝青茎黄，绿叶红果而独具风采。它是园林中秋季观果花。　　　　　　　　　　　　　　　　　　　　　　（　　）

20. 梅是中国名花，因其古朴的树姿，素雅秀丽的花姿花色，清而不浊的花香而深受广大人民的喜爱；又因其树性强健，能耐霜雪，寿命极长，常被借喻为意志坚强具有高尚气节和革命乐观主义精神的志士和革命者。（　　）

21. 金银花夏季开花，成对腋生，花色也就一白一黄，同时开放，宛如金银并列，故有金银花之名。（　　）

22. 腊梅为梅花之佳品，寒冬腊月傲雪怒放，花黄似蜡，晶莹剔透，浓香四溢，深为人们所喜爱。（　　）

23. 螺旋藻属于绿藻门绿藻纲螺旋藻属的低等植物。（　　）

24. 海带是一种原始的维管蕨类植物。（　　）

25. 仙客来（兔耳花）是一种报春花科植物。（　　）

（六）示图理解

1. 下图是地钱生活史示意图。

（1）请简述地钱的生活史。

（2）请在图上划分地钱生活史的两个世代。

（3）根据此图小结苔藓植物的特点。

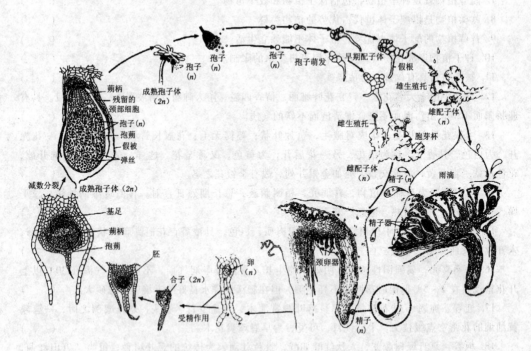

2. 下图是葫芦藓生活史示意图。

（1）请简述葫芦藓的生活史。

（2）请在图上划分葫芦藓生活史的两个世代。

（3）根据此图小结苔藓植物的特点。

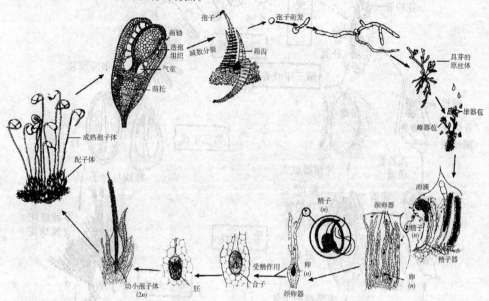

3. 下图为百合花及花图式，请据此说明百合花的主要特征。

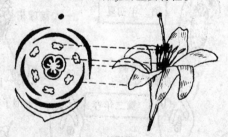

4. 下图是松生活史示意图。

（1）请简述松的生活史。

（2）请在图上划分松生活史的两个世代。

（3）根据此图小结裸子植物的特点。

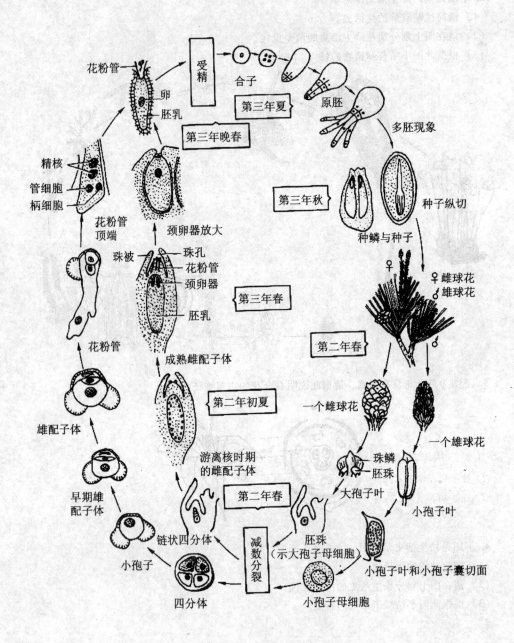

受精

合子

第三年夏

原胚

多胚现象

花粉管

卵

胚乳

第三年晚春

种子纵切

第三年秋

精核

管细胞

柄细胞

种鳞与种子

花粉管
顶端

颈卵器放大

♀ 雌球花
♂ 雄球花

珠被

珠孔
花粉管
颈卵器

第三年春

胚乳

第二年春

成熟雌配子体

花粉管

第二年初夏

一个雌球花

雄配子体

一个雄球花

游离核时期
的雌配子体

珠鳞
胚珠

早期雄
配子体

第二年春

大孢子叶

链状四分体

胚珠
（示大孢子母细胞）

小孢子叶

小孢子

减数分裂

小孢子叶和小孢子囊切面

四分体

小孢子母细胞

5. 下图为豌豆花及花图式，请据此说明豌豆花的主要特征。

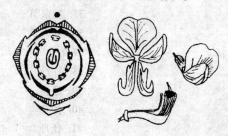

（七）解释题

1. 请用一段短文说明大豆的花程式 " $\male\female \uparrow K_{(5)} C_5 A_{(9)+1} \underline{G}_{1:1:\infty}$ " 的含义。

2. 请用一段短文说明茄科植物的花程式 " $\male\female * K_{(5)} C_{(5)} A_5 \underline{G}_{(2:2:\infty)}$ " 的含义。

（八）问答题

1. 为什么说木兰科是被子植物中最原始的类群？

2. 种子植物与其他类群植物相比，在形态结构上有哪两个最主要的区别？有什么意义？

3. 被子植物为什么能成为目前地球上最繁盛的植物类群？

4. 为什么说菊科是双子叶植物中最进化的类群？

5. 试列表比较松科、杉科和柏科的不同点。

6. 分别简述藻类、苔藓和蕨类植物具世代交替类型中配子体和孢子体的关系。

二、习题参考答案

（一）填空题

1. 种子的形成，在受精过程中产生了花粉管

2. 蕨类植物，花，颈卵器

3. 形成真正的花

4. 新的孢子体世代（2N），雌配子体世代（N），老的孢子体（2N）

5. 原植体植物

6. 单细胞群体

7. 门，纲，目，科，属，种，种

8. 孢子体

9. 微管组织

10. 被子植物

11. 恩格勒系统，哈钦松系统，塔赫他间系统，克朗奎斯特系统，克朗奎斯特系统

12. 水

13. 世代交替

14. 原核植物

15. 世代交替

16. 腐生，寄生

17. 水生生活，陆生生活

18. 无性世代

19. 物种

20. 交替出现

21. 最多

22. 同物异名

23. 高等植物

24. 纤维素

25. 水华

26. 颈卵器

27. 最多

28. 世代交替

29. 蕨类植物

30. 褐藻

31. 蕨类

32. 出污泥而不染

33. 南方人参

34. 八角莲

35. 父亲节

36. 仙人掌

37 菊花

38. 牡丹

39. 迎春

40. 桂花

41. 牡丹

42. 枸杞

43. 月季

44. 美在照水

45. 保密（会议）

46. 糖罐子

47. 疏影横斜水清浅，暗香浮动月黄昏

48. 中心质、周质

49. 孢子体、配子体

50. 初生菌丝体、次生菌丝体

51. 石松类、木贼类、真蕨类

52. 种子的形成、在受精过程中产生了花粉管

（二）单项选择题

1. B	2. B	3. C	4. C	5. A	6. B	7. C	8. D	9. D	10. D
11. A	12. B	13. C	14. D	15. D	16. A	17. B	18. B	19. C	20. B
21. D	22. A	23. B	24. C	25. B	26. A	27. C	28. A	29. C	30. A
31. D	32. C	33. C	34. C	35. C	36. C	37. B	38. C	39. C	40. A
41. A	42. A	43. D	44. A	45. A	46. C	47. C	48. B	49. A	50. B
51. C	52. B	53. C	54. D	55. C	56. A	57. C	58. A	59. D	

（三）多项选择题

1. ABC	2. DE	3. BDE	4. DE	5. ABCE	6. A	7. ABE
8. ABC	9. E	10. AE	11. ACE	12. BDE	13. ABC	14. ACD
15. ABC	16. ACE	17. E	18. ACE	19. A	20. ABCE	

（四）名词解释

1. 答：世代交替是在生活史中二倍体的孢子体世代与单倍体的配子体世代互相更替的现象。

2. 答：物种是生物分类的基本单位，是形态上相类似的、有潜在杂交能力的同种生物的综合体。

3. 答：孢子体是指植物世代交替过程中具二倍体核相的植物体。

4. 答：原核植物是由原核细胞构成的植物，如细菌、蓝藻等。

5. 答：植物从生长发育的某一阶段开始，经一系列生长发育过程，产生下一代后又重现了该阶段的现象称为生活史。

6. 答：植物生活史中，二倍体的孢子体世代和形态不同的单倍体的配子体世代有规律地交替的现象叫做异形世代交替。

7. 答：在一些蓝藻的藻丝上常含有特殊细胞，叫异行胞，由营养细胞形成，一般比营养细胞大，具有营养繁殖和直接固定大气中游离旦等功能。

8. 答：同配生殖是在形状、大小、结构和运动能力等方面完全相同的两个配子结合的生殖方式。

9. 答：担子为担子菌完成核配和减数分裂而产生担孢子的单细胞或多细胞结构。

10. 答：颈卵器是苔藓、蕨类、裸子植物等的雌性生殖器官，特别是在苔藓植物中，其外形似瓶状，上部狭细，称颈部，下部膨大，称腹部，颈部外壁由一层不育细胞组成，中间颈沟内有一列颈沟细胞，腹部外壁由多层不育细胞组成，其内有 1 个腹沟细胞和 1 个大型的卵细胞。

11. 答：有些蕨类的叶在形态、结构和功能上不同，有两种叶即营养叶和孢子叶，称异型叶。

12. 答：珠鳞是松柏纲能育大孢子叶，也叫果鳞或种鳞。

13. 答：被子植物的花和裸子植物的球穗花完全一致，每个雄蕊和心皮分别相当于 1 个极端退化的雄花和雌花，因而设想被子植物来自于裸子植物的麻黄类的弯柄麻黄，由于麻黄类和买麻藤类都以单性花为主，所以原始的被子植物也必须是单性花，这种理论称为假花学说。

（五）判断题

1. 错	2. 对	3. 错	4. 对	5. 对	6. 错	7. 错
8. 错	9. 对	10. 对	11. 对	12. 对	13. 错	14. 对
15. 对	16. 错	17. 错	18. 对	19. 对	20. 对	21. 错
22. 错	23. 错	24. 错	25. 对			

（六）示图理解

（略）

（七）解释题

1. 大豆花的花程式含义：两性花；两侧对称；萼片合生，5 裂；花瓣 5，离生；雄蕊 10 枚，9 枚合生，1 枚分离；子房上位，由 1 心皮组成，1 室，胚珠多数。

2. 茄科植物的花程式含义：两性花；辐射对称；萼片合生，5 裂；花瓣合生，5 裂；雄蕊 5 枚，离生；子房上位，合生雌蕊由 2 心皮组成，2 室，胚珠多数。

（八）问答题

1. 为什么说木兰科是被子植物中最原始的类群？

答：因为木兰科的植物具有比较原始的特点：木本，单叶，全缘，羽状脉；花辐射对称，单生，花托柱状；雌、雄蕊多数，离生，螺旋排列，花被数目多，分化不明显；花药长，花丝短；骨突果；胚小，胚乳丰富。

2. 种子植物与其他类群植物相比，在形态结构上有哪两个最主要的区别？有什么意义？

答：（1）种子的形成，在很大程度上加强了对胚的保护，提高了幼小孢子体对不良环境的抵抗能力。（2）二是在受精过程中产生了花粉管，花粉管的出现，则使种子植物的受精过程不再需要水为媒介，从而摆脱了对水的依赖。（3）种子和花粉管的产生极大地提高了种子植物的适应力和竞争力。

3. 被子植物为什么能成为目前地球上最繁盛的植物类群？

答：（1）被子植物的体型和习性具有明显的多样性；（2）开始出现了真正的花；（3）胚珠有心皮包被，果实形成；（4）双受精。

4. 为什么说菊科是双子叶植物中最进化的类群？

答：①萼片变态为冠毛，有利于果实传播。②部分种类有块茎、块根、匍匐茎或根状茎，有利于营养繁殖。③花序及花的结构适应虫媒传粉、增加受粉率和结实率。④多为异花传粉。由于菊科植物具有上述特殊的生物学特性，才使该科不仅属种数、个体数最多，而且分布最广。

5. 试列表比较松科、杉科和柏科的不同点。

答：

特　征	松科	杉科	柏科
叶形	针形或鳞形	披针形、钻形、条形或鳞状	鳞形或刺形
叶及种鳞排列方式	螺旋状	螺旋状排列（水杉例外）	交互对生或轮生
种鳞与苞鳞离合情况	离生	半合生	完全合生
每种鳞具种子数	2	2～9	1至多数

6. 分别简述藻类、苔藓和蕨类植物具世代交替类型中配子体和孢子体的关系。

答：（1）藻类：同形世代交替类型中，孢子体和配子体一样发达；异形世代交替中，一种是孢子体占优势，一种是配子体占优势；藻类植物的孢子体和配子体都能独立生活。（2）苔藓植物：异形世代交替，配子体比孢子体发达，孢子体寄生或半寄生在配子体上。（3）蕨类植物：异形世代交替，一般是孢子体比配子体发达，配子体和孢子体均能独立生活。

第6章　植物的进化

一、练习题

（一）填空题

1. 达尔文把对有利变异的保存和对不利变异的排除称之为_____。

2. 根据选择压力施加于变异曲线的段落把自然选择分成_____、_____和分离选择三种类型。

3. 生物进化是指生物与其_____之间相互作用并导致遗传系统和表型发生一系列不可逆转的改变过程，在大多数情况下，这种改变导致生物对其生存环境的相对适应。

4. 一般来说，适应辐射往往导致相关物种具有来自共同祖先的_____。

5. 生物进化是指生物与其生存环境之间相互作用并导致遗传系统和表型发生一系列_____的过程，在大多数情况下，这种改变导致生物对其生存环境的相对适应。

6. 对有利变异的保存和对不利变异的排除，达尔文称之为_____。

7. 一般来说，适应辐射往往导致相关物种具有来自共同祖先的_____。

8. 趋同进化导致不同分类群的物种具有功能相似的_____。

9. 所有栽培植物都是在自然选择的基础上再经过_____的结果。

10. 在变态器官中，一般将来源不同但功能相同的器官，称_____。

11. 生殖隔离是指生殖不能自由交配或交配后不能产生_____的现象。

12. 变异和遗传是生物进化发展的基础，变异为进化提供_____通过遗传保存和积累了某些变异。

13. 生殖隔离是指生物不能自由交配或交配后不能产生_____的现象。

14. 所有栽培植物都是在自然选择的基础上再经过_____的结果

15. 在变态器官中，一般将来源不同但功能相同的器官，称_____。

16. 生物进化是指生物与其生存环境之间相互作用并导致_____和表型发生一系列不可逆转的改变过程，在大多数情况下，这种改变导致生物对其生存环境的相对适应。

17. 最原始的陆生植物是_____和_____。

（二）单项选择题

1. 有关地球上生命的起源一直有很多假说，目前，获得多数学者相信的是_____。

    A. 创世说　　　　B. 自然发生说　　　　C. 天外起源说　　　　D. 生命的进化起源说

2. 无花果与榕小蜂之间的关系是_____。

    A. 片利共生　　　　B. 互惠共生　　　　C. 协同进化　　　　D. 专性共生

3. _____是指借助于特殊的遗传突变的发生和固定，或是通过杂交或其他随机因素快速地、直接地造成居群间的生殖隔离，并形成新种的过程。

  A. 渐进式物种形成 B. 继承式物种形成 C. 分化式物种形成 D. 爆发式物种形成

  4. 1859 年，_____《物种起源》的发表，标志着生物进化理论的发展进入到一个新时期。

  A. 亚里士多德 B. 布丰   C. 拉马克   D. 达尔文

  5. _____ 所导致的相似性既是同源的，又是同功的。

  A. 适应辐射 B. 趋同进化   C. 平行进化   D. 分枝进化

  6. _____是历史上第一位提出完整而具体的进化学说的博物学家，并对以后的生物进化研究产生了重要影响。

  A. 达尔文   B. 拉马克   C. 布丰   D. 居维叶

  7. 本教材中被子植物科的排列是依据_____进行的。

  A. 恩格勒系统 B. 克朗奎斯特系统 C. 哈钦松系统 D. 塔赫他间系统

  8. 趋异适应是种内的分化定型过程，其结果是导致产生不同的_____。

  A. 生态型   B. 生活型   C. 生殖型   D. 基因型

  9. 趋同适应促使不同类群的植物向着同一方向发展，结果形成具有相似适应特征的

_____。

  A. 生态型   B. 生活型   C. 生殖型   D. 营养型

  10. _____的主要观点是"用进废退"和"获得性遗传"。

  A. 达尔文   B. 居维叶   C. 拉马克   D. 林奈

  11. _____的主要观点是"自然选择"。

  A. 达尔文   B. 居维叶   C. 拉马克   D. 林奈

（三）多项选择题

  1. 影响个体变异的三个因素是_____。

  A. 环境饰变 B. 表型可塑性 C. 遗传重组 D. 突变 E. 减数分裂

  2. 下面是关于生命起源的几种假说，你认为正确的是_____。

  A. 创世说   B. 自然发生说 C. 天外起源说 D. 生命的进化起源说 E. 灾变说

  3. 个体变异总是基于_____三个因素。

  A. 表型可塑性 B. 遗传重组 C. 突变   D. 环境饰变 E. 系统性效应

  4. 生殖隔离是指生物不能自由交配或交配后不能产生可育性后代的现象。包括_____。

  A. 生境隔离 B. 时间隔离 C. 行为隔离 D. 机械隔离 E. 地理隔离

  5. 进化速率可定义为单位时间内生物进化改变的量，这里涉及两个尺度，即_____。

  A. 时间尺度 B. 进化改变量的尺度 C. 形态学尺度 D. 分类学尺度 E. 分子尺度

  6. 水稻的早、中、晚稻主要是受环境影响而分化形成的_____。

  A. 气候生态型 B. 土壤生态型 C. 生物生态型 D. 温度生态型 E. 光照生态型

  7. 由于交配时间或开花时间不一致造成的隔离现象是_____。

  A. 地理隔离 B. 生殖隔离 C. 生境隔离 D. 时间隔离 E. 机械隔离

（四）名词解释

  1. 物种 2. 生活型 3. 生殖隔离 4. 生态型 5. 生物进化

6. 同功器官　7. 平行进化　　8. 系统发育　　9. 双名法

（五）判断题

1. 物种是生物分类的基本单位，是形态上相类似的有潜在杂交能力的同种生物的综合体。
（　　）

2. 系统性效应的特点在于居群基因频率变动的幅度和方向都不确定。　　（　　）

3. 变异和遗传是生物进化发展的基础，变异为遗传提供原料，通过进化保存和积累了这些变异。　　（　　）

4. 生态型是不同植物对不同环境条件趋异适应的结果。　　（　　）

5. 染色体突变、杂交和多倍化是爆发式物种形成的主要途径。　　（　　）

6. 生物进化只表现在生物多样性种类和数量的增加。　　（　　）

7. 裸蕨和苔藓植物是最原始的陆生植物。　　（　　）

8. 强调同种植物之间的形态相似性，并不排斥同种植物的不同个体之间也存在一定程度的差异。　　（　　）

9. 所谓进化思想，是指对自然界朴素的认识，即承认自然界的事物是相互联系的、变化的，并可以相互转化或演变。　　（　　）

10. 地理是只在同一地区内，适应于不同生境而在表型上或生理生态习性上表现出来的遗传类群。　　（　　）

11. 所有栽培植物都是在自然选择的基础上再经过人工选择的结果。　　（　　）

12. 生殖隔离是指生物不能自由交配或交配后不能产生不育后代的现象。　　（　　）

13. 达尔文进化学说的产生是进化论发展史上划时代的里程碑，开创了生物科学发展的新时代。　　（　　）

14. 最早的种子是在中生代的三叠纪发现的。　　（　　）

15. 品种是植物分类中的一个分类单位，它是人类在生产实践中，经过培育或为人类所发现的。　　（　　）

（六）问答题

什么是自然选择？你怎样看待自然选择在生物进化中的作用？

二、习题参考答案

（一）填空题

1. 自然选择　　　　2. 稳定选择，定向选择　　3. 生存环境　　　4. 同源器官
5. 不可逆转的改变　6. 自然选择　　　　　　　7. 同源器官　　　8. 同功器官
9. 人工选择　　　　10. 同功器官　　　　　　　11. 可育性后代　　12. 原料
13. 可育性后代　　　14. 人工选择　　　　　　　15. 同功器官　　　16. 遗传系统
17. 裸蕨、苔藓植物

（二）单项选择题

1. D　　2. D　　3. D　　4. D　　5. C　　6. B　　7. B　　8. A　　9. B　　10. C　　11. A

（三）多项选择题

1. BCD   2. D   3. ABC   4. ABCD   5. AB   6. AE   7. BD

（四）名词解释

1. 答：物种是生物分类的基本单位，是形态上相类似的，有潜在杂交能力的同种生物的综合体。

2. 答：生活型是植物在对综合环境条件的长期适应过程中，在外貌上表现出相似的形式，并能从这些形式特征上去说明环境的特点，这些对环境因子具有相似关系的植物即组成一个生活型。

3. 答：生殖隔离是指生物不能自由交配或交配后不能产生可育性后代的现象。

4. 答：生态型是指在同一生物，适应于不同生境而在表型上或生理生态习性上表现出来的遗传类群。

5. 答：生物进化是指生物与其生存环境之间相互作用并导致遗传系统和表型发生一系列不可逆的改变过程，它不仅表现在生物多样性种类和数量的增加，还表现在生物体的结构不但趋于复杂而且完善。

6. 答：同功器官是起源和构造不同而形态功能相同或相似的器官。

7. 答：平行进化是两个或多个具有共同祖先的类群以相同的进化方向和进化速率独立产生相似性状的进化过程。

8. 答：某一类群的形成和发展过程，称为系统发育。

9. 答：双名法是植物命名的基本方法，每一种植物的学名都由两个拉丁词或拉丁化的字构成，第一个词是属名，第二个词是种加词，一个完整的学名还需要加上最早给这个植物命名的作者名的缩写，故第三个词是命名人。

（五）判断题

1. 对   2. 错   3. 错   4. 错   5. 对   6. 错   7. 对   8. 对
9. 对   10. 错   11. 错   12. 错   13. 对   14. 错   15. 错。

（六）问答题

什么是自然选择？你怎样看待自然选择在生物进化中的作用？

答：（1）自然选择就是对有利变异的保存和对不利变异的排除。（2）自然选择是促进居群适应性变化的一个重要因素，它可以导致对稳定生境条件的更好适应，也可以使居群适应于变化着的生境条件。

自然选择不是一种简单的被动过程，而具有创造性作用。自然选择的创造性作用并不是说自然选择能够产生一个新的基因或新的个体，虽不能创造一种组织、一片叶子，但它与这些组织和器官中原子适应的组合出现有关，它使各种微小遗传变化得以有规则地积累起来，并在极多的随机变型中保留最有利的基因组合，去掉其他组合，从而为特定组织或器官的形成奠定基础。自然选择是使单个突变组合成各式各样多基因体系的唯一的，至少是最重要的指导力量。由于自然选择长期作用的结果，汇集了大量有利基因，使生物体内各种生化反应协调平衡。

第7章 植物与环境

一、练习题

（一）填空题

1. 植物的环境是指作用于植物个体和群体的_____和_____的总和，包括植物生存的空间以及维持其生命活动所需要的物质和能量。

2. 遗传变异是生态型形成的_____，而环境因子的选择是生态型分化的_____。

3. 利用植物监测和_____环境是人类改善环境质量，努力创造一个适宜长久生存的良好环境的重要途径。

4. 自然界的物质始终处于不断运动之中。对于各种物质的循环，_____起着非常重要的作用。

5. 自平地至山顶与自_____到_____具有相应的植被类型，植被的排列也大致相同。

6. 影响植物分布区形状和边界的因素除气候因素，土壤因素，地形因素，生物因素，历史因素外，还有_____。

7. 引起植物绝灭的外部因素包括生态系统内不同物种间的竞争和排除，植物性捕食者，病害流行，生物环境的变更和破坏以及_____等。

8. 自平地至山顶与自_____到_____具有相应的植被类型植被待的排列也大致相同。

9. 利用植物监测和_____环境是人类改善环境质量，努力创造一个适宜长久生存的良好环境的重要途径。

10. 花卉赖以生存的主要环境因素有_____、_____、_____、_____及生物因素等。

11. 在物质循环中，只有通过植物和动物，_____等生物群体的共同参与，才能使物质的合成和分解、吸收和释放协调进行，维持生态上的平衡和正常发展。

12. 植物的生长主要决定于两个外界因素：一是太阳辐射，它为植物的光合作用提供能量来源；另一个是地球及其周围空间，它为植物提供了_____和生存空间。

13. 生物圈（biosphere）的概念是 1875 年奥地利地理学家休斯首次提出来的。是指生活在大气圈、水圈、岩石圈和土壤圈界面上的所有_____。

14. 植物对营养物质的吸收和运输，以及光合、呼吸、蒸腾等生理作用，都必须有_____的参与才能进行。

15. 土壤有机质包括非腐殖质和腐殖质两大类。_____是土壤微生物在分解有机质时重新合成的多聚体化合物，是植物营养的重要碳源和氮源。

16. 生活型是植物对综合生境条件长期适应而在外貌上表现出来的生长类型，如乔木、灌木、草本、藤本、垫状植物等。其形成是不同植物对相同环境条件产生_____的结果。

17. 寄生或寄生现象是指宿主植物与有机体上寄生物之间的关系，通常是一种植物生长在另一种植物的体表或体内，从中吸取养分，这是一种_____关系。

18. 群落中的不同植株，即使种类、年龄都相同，也必然会在形态、生活力和生长速度上表现出或大或小的差异。这种现象在森林群落中称为"_____"。

19. 水热结合导致植被呈地带性分布，一方面沿纬度方向成带状发生有规律的更替，称为纬度地带性；另一方面从沿海向内陆方向成带状发生有规律的更替，称为_____。

20. 生态系统是指生物与生物之间以及生物与_____之间密切联系、相互作用，通过物质交换、能量转化和信息传递，成为占据一定空间、具有一定结构、执行一定功能的动态平衡体。

（二）单项选择题

1. _____ 夏热多雨，冬季严寒而晴燥，是我国重要的温带水果产区，栽培苹果、梨、桃、杏、葡萄、樱桃、枣柿等品质优良的落叶果树。

    A. 温带针叶阔叶混交林区域   B. 暖温带落叶阔叶混交林

    C. 寒温带针叶林区域   D. 温带荒漠区域

2. _____是人类赖以生存和发展的物质基础。

    A. 自然环境   B. 社会环境   C. 物理环境   D. 生物环境

3. 每一个生态因子都是在与其他因子的相互影响、相互制约中起作用的，任何因子的变化都会在不同程度上引起其他因子的变化，这就是生态因子的_____。

    A. 非等价性   B. 综合性   C. 不可替代性和可调剂性 D. 阶段性和限制性

4. _____是在强光环境中才能生长健壮、在荫蔽和弱光条件下生长发育不良的植物。

    A. 水生植物   B. 耐荫植物   C. 阳性植物   D. 阴性植物

5. 当日照长度超过临界日长时才开花，否则只进行营养生长、不能形成花芽的植物叫_____。

    A. 中日照植物   B. 中间型植物   C. 短日照植物   D. 长日照植物

6. 莲是_____植物。

    A. 沉水植物   B. 浮水植物   C. 挺水植物   D. 湿生植物

7. 植物的趋异适应引起了植物种内的生态分化，形成不同的_____。

    A. 生活型   B. 生态型   C. 基因型   D. 表现型

8. 互利共生是一种专性的、双方都有利的相互关系。地衣就是_____互利共生的常见例子。

    A. 藻类 + 真菌   B. 真菌 + 高等植物

    C. 细菌或蓝绿藻 + 高等植物   D. 动物 + 有花植物

9. 生态系统中各种生物，根据它们在能量流动和物质循环中的作用，可分为生产者、_____和分解者等三个功能类群。

    A. 消费者   B. 初级消费者   C. 次级消费者   D. 高级消费者

（三）多项选择题

1. 植物的环境是指作用于植物个体或群体的外界动力和物质的总和，包括植物存在的空间以及维持其生命活动所需要的_____。
   A. 时间　　　　　B. 物质　　　　　C. 能量　　　　　D. 信息　　　　　E. 气候

2. 早、中、晚稻主要是受栽培季节中日照长短不同的影响而分化形成的，属于_____。
   A. 气候生态型　B. 土壤生态型　C. 生物生态型　D. 温度生态型　E. 光照生态型

3. 我国的植被主要有_____几种类型。
   A. 寒温带针叶林区域　　　　　　B. 温带针叶阔叶混交林区域
   C. 暖温带落叶阔叶林区域　　　　D. 亚热带常绿阔叶林区域
   E. 青藏高原高寒植被区域

4. 籼稻、粳稻是由于在不同的地理分布条件下，受不同气候条件的影响而分化形成的，属于_____。
   A. 气候生态型　B. 土壤生态型　C. 生物生态型　D. 温度生态型　E. 光照生态型

5. 中国是生物多样性受到最严重威胁的国家之一，中国生物多样性丧失的原因主要是_____。
   A. 栖息地丧失和片断化　　　　　B. 掠夺式的过度利用
   C. 环境污染　　　　　　　　　　D. 种植品种单一化
   E. 全球气候变化，水坝和水库的建设，围湖，造田和新矿区的开发以及各种自然灾害

6. 植物与环境的关系主要体现在以下几个方面_____。
   A. 参与生物圈形成，推动生物界发展　B. 贮存能量，提供生命活动能源
   C. 促进物质循环，维持生态平衡　　　D. 是天然基因库
   E. 改善环境，形成丰富多彩的生物世界

7. 环境分类一般以_____等为依据。
   A. 空间范围的大小　B. 环境要素的差异　C. 环境的性质　D. 矿物资源的多少
   E. 环境所指的主体

8. 温度的变化直接影响着植物的_____等生理作用。
   A. 吸收作用　　　B. 运输作用　　　C. 蒸腾作用　　　D. 呼吸作用
   E. 光合作用

9. 水是植物生存的物质条件，也是影响植物_____等重要的生态因子。
   A. 形态结构　　　B. 生长发育　　　C. 繁殖　　　　　D. 种子传播
   E. 光照强度

10. 植物生长离不开土壤，土壤是植物生长的基质。理想的土壤是"_____的土壤"。
    A. 疏松　　　　B. 有机质丰富　　C. 保水、保肥力强　D. 有团粒结构
    E. 有利于贮存大量水分

11. 能在盐碱土上生长的植物叫耐盐碱植物，如合欢、文冠果、黄栌、木槿、油橄榄、_____等。
    A. 山茶　　　　　B. 柽柳　　　　　C. 新疆杨　　　　D. 木麻黄

E. 杜鹃

12. 种群是在一定空间中同种个体的组合。一般来说，自然种群具有＿＿＿＿＿＿＿＿等三个特征。

A. 形态特征   B. 结构特征   C. 数量特征   D. 空间特征

E. 遗传特征

（四）名词解释

1. 植物群落   2. 群落的演替   3. 植被   4. 生态平衡   5. 环境   6. 演替   7. 生态因子

8. 广温植物   9. 中生植物   10. 趋同适应   11. 趋异适应   12. 集群分布

（五）判断题

1. 亚热带常绿阔叶林区域是我国植物资源最丰富的地区。（　　）

2. 地球上气候条件主要按三个方向改变，即纬度、经度和高度从而决定了地球表面的植被也沿着这三个方向交替分布，沿纬度和经度的交替分布构成了植被分布的垂直地带性。（　　）

3. 在一个植物种的分布区内，个体数量最多、最密集的地方即为多度中心。多度中心一定在分布区的正中央。（　　）

4. 亚热带常绿阔叶林区域是我国植物资源最丰富的地区。（　　）

5. 任何生物群落都与它们所生存的环境条件有密切联系，地球表面各种环境条件的差异是导致植被具有各式各样的类型及其分布特点的最重要原因。（　　）

6. 冻原植被具有植被种类组成简单；植物群落结构简单；常全为多年生植物，没有一年生植物等特点。（　　）

7. 热带雨林具有种类组成特别丰富，多为高大乔木；群落结构复杂；藤本植物及附生植物极丰富等特点。（　　）

8. 不同的海拔高度所分布植物的种类也不同。（　　）

9. 温带植物多阔叶夏绿、冬季落叶。（　　）

10. 昼夜温差大不是促进植物迅速生长的最理想的条件。（　　）

11. 美人蕉、唐菖蒲、晚香玉等，在夏季生长期较高温度条件下进行花芽分化。（　　）

12. 光照过强，会使植物的光合作用减缓。（　　）

13. 鸡冠花枝叶高大，生长期耗水量不大，夏季炎热时不需充分灌水，忌受涝。（　　）

14. 藿香蓟用种子繁殖，不能用分株、扦插、压条繁殖。（　　）

15. 菊花对二氧化硫抗性很强，对烟尘、氯化氢、氟化氢等有害气体也有吸抗的能力，因此是净化环境的理想植物，适于在工矿污染区推广种植。（　　）

16. 分解者是异养生物，其作用是把动植物体的复杂有机物分解为生产者能够重新利用的简单化合物，并释放出能量。如细菌、真菌、蟹、软体动物、蠕虫、蚯蚓、螨虫等无脊椎动物。（　　）

17. 植物的生命活动需要从环境中获得光照、热量、水分、无机盐等生存资源，与此同时，植物的生命活动也会影响环境。（　　）

18. 如果生态系统受到外界干扰超过它本身自动调节的能力，会导致生态平衡的破坏。（　　）

（六）问答题

1. 植物在生态系统中的作用是巨大的，如果没有其他生物的共同作用，这种作用能发挥吗？

2. 为什么说生态系统中的能量流动是单方向的？

二、习题参考答案

（一）填空题

1. 外界动力，物质	2. 基础，条件	3. 净化
4. 植物	5. 低纬度，高纬度	6. 人为因素
7. 人类的影响	8. 低纬度，高纬度	9. 净化
10. 温度，水分，光照，土壤，空气	11. 微生物	12. 营养物质
13. 生物有机体	14. 水分	15. 腐殖质
16. 趋同适应	17. 偏利	18，林木分化
19. 经度地带性	20. 环境	

（二）单项选择题

1. B　　2. A　　3. B　　4. C　　5. D　　6. C　　7. B　　8. A　　9. A

（三）多项选择题

1. BC	2. AE	3. ABCDE	4. AD
5. ABCDE	6. ABCD	7. ABC	8. CDE
9. ABCD	10. ABCD	11. BCD	12. CDE

（四）名词解释

1. 答：植物群落是由一定植物种类组成的具有一定外貌和结构的有规律的集合体。

2. 答：一个群落被另一个群落所取代的过程称为群落的演替。

3. 答：植被是指整个地球表面植物群落的总和。

4. 答：生态平衡又称"自然平衡"。在自然界中，无论是森林、草原、湖泊——都是由动物、植物、微生物等生物成分和光、水、土壤、空气、温度等非生物成分所组成。每一个成分都并非是孤立存在的，而是相互联系、相互制约的统一综合体。它们之间通过相互作用达到一个相对稳定的平衡状态，称为生态平衡。

5. 答：环境是指作用于植物个体或群体的外界动力和物质的总和，包括植物存在的空间以及维持其生命活动所需要的物质和能量。

6. 答：一个植物群落为另一个植物群落所取代的过程，称为植物群落的演替。

7. 答：生态因子是指环境中对生物的生长、发育、生殖、行为和分布有着直接或间接影响的环境要素，如温度、湿度、食物、氧气、二氧化碳和其他生物等。

8. 答：广温植物是指能在较宽的温度范围内生活的植物。

9. 答：中生植物是适于生长在水湿条件适中的环境中，其形态结构及适应性均介于湿生植物和旱生植物之间，是种类最多、分布最广和数量最大的陆生植物。

10. 答：趋同适应是同一个种的植物个体群，因为长期生活在不同的环境条件下，它们在高度、叶片的大小、开花的时间以及其他相关形状等方面有或大或小的差异的现象。

11. 答：趋异适应是不同种类的植物，由于长期生活在同一环境条件下，受相同或相近环境因子的影响，它们在形态结构、生理生化特征等方面却很相近或相似的现象。

12. 答：集群分布是指种群内个体分布不均匀，形成许多密集的团块，是植物种群中最常见的内分布型。

（五）判断题

1. 对	2. 错	3. 错	4. 对	5. 对	6. 对
7. 对	8. 对	9. 对	10. 错	11. 对	12. 对
13. 错	14. 错	15. 对	16. 对	17. 对	18. 对

（六）问答题

1. 植物在生态系统中的作用是巨大的，如果没有其他生物的共同作用，这种作用能发挥吗？为什么？

答：不能。因为在漫长的进化过程中，植物和其他生物以及环境之间建立了互动促进、协同发展的关系。（1）分解者的作用是地球化学循环的重要环节，也是植物持续获得营养的基本前提。如果没有分解者对植物、动物等生物残体的分解和还原作用，植物根本不可能获得生长发育必须的土壤环境，土壤中也没有无机营养可供植物利用。（2）植物对营养物质的有效吸收需要微生物的活动和参与。植物的根只能吸收土壤溶液中的物质，而土壤中绝大多数营养物质是以非溶解态存在的，只有微生物的活动才能使土壤中的营养变成植物可以利用的溶解态。（3）植物需要动物传播花粉和繁殖体。据统计，靠蚂蚁传播种子的植物达 300 种以上。在已知繁殖方式的 24 万种植物中，有 22 万种植物的传粉和传播种子需要动物的帮助，作物中有 70% 的物种需要动物授粉。参与授粉的动物有 10 万种以上，包括蝙蝠、鸟类和蜂、蝇、蝶、蛾等大量的昆虫，而几乎所有以植物为食的动物都不同程度地在传播种子。

2. 为什么说生态系统中的能量流动是单方向的？

答：一切生物所需要的能源归根到底都来自太阳能。太阳能通过植物的光合作用进入生态系统，将简单的无机物（二氧化碳和水）转变成复杂的有机物（如葡萄糖）。即转化为贮存于有机物分子中的化学能。这种化学能以食物的形式沿着生态系统的食物链的各个环节，也就是在各个营养级中依次流动。在流动过程中有一部分能量被生物的呼吸作用消耗掉，这种消耗是以热能形式散失的；还有一部分能量则作为不能被利用的废物浪费掉。所以处于较高的各个营养级中的生物所能利用的能量是逐级减少的。可见，生态系统中的能量流动是单方向的，是不能一成不变地被反复循环利用的。

第8章　植物资源的可持续利用

一、练习题

(一) 填空题

1. 我们讲植物多样性，不仅仅指植物物种种类的多样性，同时还包括 _____ 和 _____。

2. 中国的高等植物种类数仅次于马来西亚和巴西，居世界_____。

3. 中国_____具有种类丰富，特有性高，珍稀和孑遗植物较多，生物区系起源古老和经济物种很丰富等特点。

4. 我们讲植物多样性不仅仅指植物物种种类的多样性，同时还包括植物生态地理分布式样的多样性以及包含在每一个物种内的丰富的_____。

5. 自然界的植物不仅能够调节气候，保护农田和保持水土，而且能够净化空气，减轻污染，减弱噪声，对_____具有重要的作用。

6. 中国的高等植物种类数仅次于_____和巴西，居世界第三位。

7. 药用植物是一类特殊的经济植物，其主要特点是植物体内含有生物活性物质，在医学上用于_____。

8. 许多药用植物如柴胡、扁茎黄芪（沙苑子）、甘草、麻黄等，_____功能，又具有饲用价值，属饲、药兼用植物。

9. 红树林素有"_____"之称，它是热带、亚热带沿海潮间带特有的木本植物群落，号称鱼、虾、蟹、贝的天堂，鸟类的安乐窝。

10. 我国地域辽阔，几乎可以看到北半球各种植被类型。最北部的大兴安岭、长白山一带分布有落叶松、云杉、红松，林下还分布闻名中外的药材。

11. 自然保护区是为了保护各种重要的生态系统及环境，拯救_____的物种和保护自然历史遗产而划定的进行保护和管理的特殊地域的总称。

12. 1992年联合国在巴西召开了"_____"，150个国家的与会首脑签署了《生物多样性公约》，使得生物多样性的保护步入了国际化和法律化的轨道。

13. 植物资源的开发利用和保护是相辅相成的两个方面，要求我们必须做到在_____中开发，在开发中保护。

14. 对野生植物资源的开发，必须以野生植物资源得到良好_____为前提。

15. 植物资源的生态效益和经济效益是密切结合、相互渗透的。二者存在着复杂的对立统一关系。首先，生态效益是经济效益的_____；其次，经济效益的提高又为生态效益的改善提供了条件。

（二）单项选择题

1. ＿＿＿＿＿＿＿＿＿＿为我国特产的三大木本粮食作物。

　　A. 板栗、枣、柿　　　B. 茶、咖啡、可可　　　C. 葱、姜、胡椒　　　D. 油菜、花生、大豆

2. 科学家推测全球至少有＿＿＿＿＿＿＿＿＿＿万种可食用植物。其中水稻、大豆、小麦和粟等 30 种植物便构成我们营养来源的 90%，水稻更是全球一半人口的主要食粮。

　　A. 五　　　　　　　　B. 八　　　　　　　　C. 十　　　　　　　　D. 三

3. 许多植物具有特定的药用价值，是制药的基本原料，如三七是云南白药的原料，用于预防和治疗疟疾的奎宁，是从＿＿＿＿＿＿＿＿的树皮中提取的。

　　A. 金钱松　　　　　　B. 金银花　　　　　　C. 金鸡纳　　　　　　D. 金鸡菊

4. 中国是一个少林国家，森林覆盖率只有 19.4%，仅为全球水平（31.4%）的 61.78%。人均森林面积不足 0.11 公顷，为世界平均水平的 15.96%，居世界第＿＿＿＿＿＿位。

　　A. 21　　　　　　　　B. 31　　　　　　　　C. 51　　　　　　　　D. 121

5. 新疆、甘肃、青海有我国最优质的＿＿＿＿＿＿＿＿＿。

　　A. 陆地棉　　　　　　B. 海岛棉　　　　　　C. 长绒棉　　　　　　D. 木棉

6. 我国的第一个自然保护区＿＿＿＿＿＿＿＿由中国科学院于 1956 年在广东省肇庆市建立。

　　A. 卧龙自然保护区　　B. 扎龙自然保护区　　C. 鼎湖山自然保护区

　　D. 鹞落坪自然保护区

7. ＿＿＿＿＿＿＿＿＿是世界上植物资源最为丰富的生态系统，那里生长着占地球植物总数一半以上的植物种类，许多种类至今尚未被人类所认识。

　　A. 热带旱生林　　　　B. 热带雨林　　　　　C. 红树林　　　　　　D. 热带季雨林

8. 由于森林、草原的面积不断减少，造成沙漠以每年新增面积 600＿＿＿＿＿＿＿＿＿＿的速度增长，生态环境日益恶化，给人类的生存带来了严峻的挑战。

　　A. 万公顷　　　　　　B. 万亩　　　　　　　C. 公顷　　　　　　　D. 亩

（三）多项选择题

1. 据估计，目前被人类利用的植物约有 25000 种，它们的用途包括＿＿＿＿＿＿＿＿＿＿。

　　A. 食用　　　　　　　B. 糖和调料　　　　　C. 药材　　　　　　　D. 纤维　　　　　E. 燃料和木材

2. 佛教植物的"五树六花"是贝叶棕、大青树、糖棕＿＿＿＿＿＿＿＿＿＿和黄姜花、黄缅桂、地涌金莲。

　　A. 菩提树　　　　　　B. 槟榔　　　　　　　C. 荷花　　　　　　　D. 鸡蛋花　　　　E. 文殊兰

3. ＿＿＿＿＿＿＿是物种消失的直接原因，此外，环境污染、生物种被滥用等，也是物种灭绝的主要原因。

　　A. 森林毁灭　　　B. 湿地和草原破坏　C. 草场退化　　　D. 土地侵蚀　　　E. 荒漠化

4. 我国的＿＿＿＿＿＿＿＿素有三大活化石之誉，1956 年发现的银杉是又一种活化石。

　　A. 珙桐　　　　　　　B. 香果树　　　　　　C. 水松　　　　　　　D. 水杉　　　　　E. 银杏

5. 目前在我国分布广泛，已对本地生物多样性及农林业生产破坏较为明显的外来有害植物有＿＿＿＿＿＿等。

　　A. 加拿大一枝黄花　B. 水葫芦　　　　　　C. 水花生　　　　　　D. 豚草　　　　　E. 紫茎泽兰

6. 在我国，合理利用与保护植物资源，要做到_____几个方面。

　A. 要保护植物资源的恢复能力　　　B. 掌握好采收植物的器官部位

　C. 要进行植物资源的综合利用　　　D. 对植物资源应进行抚育管理

　E. 增强植物资源保护的宣传力度

7. 为了保证植物资源的可持续利用，一般应遵循_____基本原则。

　A. 有偿使用原则　　　　　　　　　B. 开发利用与保护相结合原则

　C. 可持续利用原则　　　　　　　　D. 节约资源、综合利用原则

　E. 大力引种栽培原则

（四）名词解释

1. 生物入侵　2. 植物资源　3. 植物细胞融合

（五）判断题

1. 薯番茄是 1978 年由德国科学家采用细胞融合技术首次成功地将马铃薯和番茄的单倍原生质体融合而育成的新植物。　　　　　　　　　　　　　　　　　　　　　　　　　（　　　）

2. 环境污染是现代工业时代的产物，目前地球上已很难找到一片完全自然的，没有污染的净土。　　　　　　　　　　　　　　　　　　　　　　　　　　　　　　　　　　　（　　　）

3. 植物资源的合理开发利用应坚持正确处理开发利用与保护的关系的原则，经济效益、生态效益和社会效益的统一和永续利用的原则。　　　　　　　　　　　　　　　　　　（　　　）

4. 物种的毁灭是一项不可换回的损失，等于一些独特资源的灭绝。　　　　　　（　　　）

5. 地球上一个物种的消失只需要很短的时间，而一个物种的形成，由简单到复杂，由低等到高等往往需要几年时间的积累。　　　　　　　　　　　　　　　　　　　　　　（　　　）

6. 严酷的现实，使越来越多的人已经认识到，保护大自然，保护包括植物资源在内的自然资源，就是保护人类自己。　　　　　　　　　　　　　　　　　　　　　　　　（　　　）

（六）问答题

1. 保护植物资源有什么重要意义？

2. 为什么说在建设生态文明的新形势下，植物园的建设又成为当前研究的热门课题？

3. 我国在植物遗传资源保护方面的法律制度还有哪些不健全？

二、习题参考答案

（一）填空题

1. 植物生态地理分布式样的多样性、遗传的多样性　2. 第三位　3. 生物多样性

4. 遗传多样性

5. 环境保护　6. 马来西亚

7. 防病治病

8. 药用　9. 海上森林

10. 人参

11. 濒临灭绝　12. 环境与发展大会

13. 保护

14. 保护　15. 基础

（二）单项选择题

1. A　　　2. B　　　3. C　　　4. D　　　5. C　　　6. C　　　7. B　　　8. A

（三）多项选择题

1. ABCDE　　　　2. ABCDE　　　　3. ABC　　　　4. CDE　　　　5. ABCDE

6. ABCD　　　　7. ABCD

（四）名词解释

1. 答：生态入侵是指外来物种对当地生态环境和生物多样性造成的不良影响。

2. 答：植物资源主要是指植物的物种资源，是指一定地域上对人类有用的所有植物的总和，是人类生存和发展必不可少的物质基础。

3. 答：植物细胞融合是将不同生物的细胞以人工的方法使其结合，并促使染色体和细胞质融合而得到新的杂种细胞的技术。

（五）判断题

1. 对　　　　2. 对　　　　3. 对　　　　4. 对　　　　5. 错　　　　6. 对

（六）问答题

1. 保护植物资源有什么重要意义？

答：第一，野生植物在维护生态平衡中起着巨大的作用。第二，人类生活与植物息息相关，人们的衣食住行都离不开植物，所有人不论身处何方，都极其依赖植物资源。第三，野生植物具有很高的经济价值和旅游资源价值。第四，野生植物给人们以美的享受。第五，野生植物物种里存在丰富多彩的有价值的基因，其中包括食用、药用和工农业原料。

2. 为什么说在建设生态文明的新形势下，植物园的建设又成为当前研究的热门课题？

答：第一，全球生态危机客观上要求植物园快速发展。第二，人类对植物资源的持续需求也需要快速发展植物园。第三，植物园的建设也是城市建设和发展的需要。植物园改善了城市植物环境建设。植物园丰富和促进了城市精神文明建设。植物园是展示植物文化的场所。

3. 我国在植物遗传资源保护方面的法律制度还有哪些不健全？

答：第一，我国缺乏一部关于植物遗传资源保护的专门性法律，现有法律法规比较分散，没有形成植物遗传资源保护的完整立法体系。第二，对于野生植物物种来说，现有法律仅保护列入国家重点保护名录的珍稀濒危物种，而对未列入名录的野生植物物种的保护却没有明确规定。第三，现有法律重点放在国内植物种子的市场经营管理，而对于控制种质资源的流失和遗传资源的进出境管理的内容比较薄弱，特别是对国际间和国家间遗传资源的获取没有详细规定，也没有严格健全的管理制度。第四，对于植物遗传资源的知识产权保护制度还不完善。第五，我国现有法律与国际法规接轨程度较低，尚未能解决国际和国家间遗传资源获取的方式、程序、制度、商定条件和惠益分享的机制。第六，植物遗传资源的收集和保存制度、植物遗传资源保护基金制度等都很不完善。